時光詞場

張曼娟

醒來，自雨中。

——自序

常常，當我自雨中醒來，都會有一種跋涉之後終於可以休憩的適意感覺。究竟在我睡眠時去過哪些地方呢？遇過什麼人？發生了什麼事？其實都記不起來。但，精神上確有一種充實飽足之感，使我相信自己必定經歷了一些事，在綿綿不斷的雨聲裏。或許雨是知道的，它唏嚦嚦地反覆訴說著的，會不會就是我們夢中的經歷？只是我們沒聽懂。

我們不懂。愛著的時候，不懂得戀慕也可以殘忍；離開的時候，不懂得回憶會如影隨行；失去的時候，不懂得如何爭取與挽留；擁有的時候，不懂得瞬間就將一無所有。

我後來讀到蔣捷的那闋詞【虞美人】，描寫的是聽雨的心境：

少年聽雨歌樓上，紅燭昏羅帳。
壯年聽雨客舟中，江闊雲低斷雁叫西風。
而今聽雨僧廬下，鬢已星星也。
悲歡離合總無憑，一任階前點滴到天明。

少年的歡樂無憂，壯年的飄泊流浪，老年的閑淡了悟，這就是人生了。那雨是恆久的背景，永不離棄的陪伴，也是知曉一切秘密的。

人生的秘密，時光的秘密。

在翻閱著我最愛的那些詞的時候，昔日坐在課堂上看著教授講解的青春歲月又回來了，那時我蓄著烏亮的長髮，喜歡一邊編辮子一邊背小令，兩條辮子垂掛胸前的同時，一闋小令也牢記心間了。然後，是此刻的哀樂中年，我站在少年與老年的隘口，靜靜地聽雨聲。並且想像著自己年老的時候，那時候我要蓄留雪白的長髮，也許仍可以一

邊編辮子一邊背小令，或許還可以幫李清照斟茶，與蘇東坡下棋，看辛棄疾練劍。

與麥田出版社的合作，開啓了我的另一條生命道途，一手挽住古代，一手牽引現在，感覺到雨一般的溫柔，雨一般的力量。【藏詩卷】第一輯是《愛情，詩流域》，在製作方向上是一個創新，我們嘗試著，並且尋找更好的可能。當西元二〇〇一年開春，我們完成了《時光詞場》，題材擴大了，故事更豐富了，形式也更新了。

至於「我們」究竟是誰呢？就是麥田與紫石的夥伴們，是每一位爲這本書而努力的朋友。特別是親愛的Samuel與Eric，你們的擇善固執給了我很大的鼓舞，使我在挫折中也能微笑。

新的一百年開啓之際，我從雨中醒來，有一種跋涉長途之後的心滿意足，於是，我將這些經歷緩緩寫下來。如果其中也有你的心情，請不要驚奇，你知道，雨水啊，知曉著時光中所有的秘密的。

時光詞場

目錄

contents

第一片 少年聽雨歌樓上，紅燭昏羅帳。

第二片　壯年聽雨客舟中，江闊雲低斷雁叫西風。

第三片　而今聽雨僧廬下，鬢已星星也。

時光詞場

張曼娟

第一片

少年聽雨歌樓上，紅燭昏羅帳。

記得綠羅裙，處處憐芳草。

等閒妨了繡功夫，笑問鴛鴦兩字怎生書。

騎馬倚斜橋，滿樓紅袖招。

日日思君不見君，共飲長江水。

瘦應緣此瘦，羞亦為郎羞。

嬌癡不怕人猜，和衣睡倒人懷。

時光詞場

第一片

少年聽雨歌樓上，紅燭昏羅帳。

記得綠羅裙，
處處憐芳草。

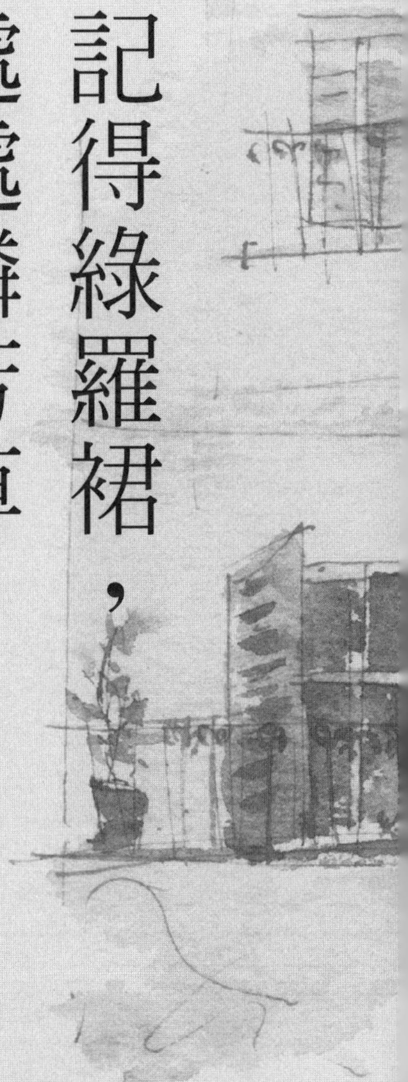

她蓄起長髮，
開設一家又一家
綠色招牌的「鸚鵡檳榔攤」，
她成為檳榔西施，
以半裸的身體，
懸賞今生的戀人。

她是檳榔西施中，名聲相當響亮的一位。吹彈可破的冰肌玉膚，垂瀑似的烏亮長髮，驕人的身材，看不出年齡的臉蛋。低胸的緊身上衣，短得令人心驚膽跳的裙子。她坐在最外面的座位，機車或轎車經過時，她無精打采地連眼皮也懶得抬一下。每當有貨車靠近，她便立即彈跳起來，整張臉煥發光采，抓起一包檳榔就衝過去。然後，眉壓著眼，拖著無力的腳步踱回來，臉色灰敗，忽然顯得老。

每個攤子大約呆三個月，她便轉去另一個，從來沒有人埋怨她不敬業，也沒人指責她對某些顧客的冷漠，因爲，據說，這些檳榔攤都是她自己開的。

每當她坐著翹起腿，切開一粒新鮮的檳榔，那種特殊的香氣，便使她回到過往，有一些往事，她總記得牢牢的，永遠也不會忘。

就像與「大學生」初遇的夏天，她和母親剛剛從日本回到台灣來，她忽然發現做生意的父親，許多人口中敬畏的「明爺」，原來是黑幫老大。她的許多少女的夢幻都紛紛毀滅了，她覺得自己一定會親眼看見父親橫死街頭；她覺得自己一定會在婚禮中被槍殺；她知道這一生是不可能獲得幸福了，這想法令她悲哀，也讓她自暴自棄。父親找了幫中一位優秀的大學生來當她的家教，那人是幫中培養的文職新生代，法律系高材生，乾淨秀雅的儀表，和她所見到的其他人完全不同。

他被引到她面前時，正是溽暑的午後，她在祖母房外寬闊的陽台上逗弄那幾隻鸚鵡，陽台頂上的風扇嗡嗡旋轉著，她讓他站在那兒，捧著一盅葵瓜子，她一邊嗑著，一邊餵鸚鵡，並不理睬他。她剛削得薄短的髮絲可可貼著頭顱，穿了一襲新裁的紗質粉綠色短洋裝，衣裳讓風吹得不住飄飛。大學生注視著她，忽然微微笑起來。

「你笑什麼？」她好奇的。

「妳的衣服和鸚鵡的很配。」

她忽然生氣了，抿著嘴將他從頭到腳打量一番，挑釁地：「我倒覺得你和這裏很不配，他們都是刀頭舔血的，我看，你連刀都舉不起來吧？」

他們是這樣開始的。暑假裏，他們一起去了許多地方，除了祖母以外，和她最談得來的就是大學生，他的機車騎得飛快，有時穿過雷雨的黑夜，冰涼的雨水刷洗她裸露的雙腿，她興奮得又叫又笑。有好幾次他幾乎就要吻她了，她像尾魚似的滑溜開。有一次，她洗過頭正在吹風，他來找她，便接下風筒替她吹乾，他的潔長的手指穿梭在她細細的黑髮裏，像一次纏綿的按摩，她不大敢動，連呼吸都小心翼翼地。「如果妳留長頭髮，一定很好看。」他並不很刻意的說。

她的生活開始發生變動，祖母去世了，事情發生得很突然，她一點準備也沒有。母親決定將祖母的鸚鵡全部放生，不理會她的哀求，看著幾隻鸚鵡碩大的身子，顛撲著翅膀怎麼也飛不高，她終於明白母親有多恨祖母。那天黃昏，她在離家不遠處看見被車輾斃的綠色鸚鵡，忍不住哭起來，跑去大學生的住處等他回來。天很冷，他總不回來，她卻不願離開，那一夜除了他，她再沒有地方可以投奔了。天快亮的時候，他從計程車上下來，身上都是傷，她撲上去抱住他，問他發生什麼事？他苦笑著：「我現在過的是刀頭舔血的日子，也許妳喜歡這樣的我。」他們在寒夜裏擁吻，唇裏有血腥的鹹味。

幫中最大的一次風暴發生了，父親被捲進去，入了牢，好幾個幫裏人出面頂罪，也包括大學生。「先把明爺救出去，他會想辦法將我們弄出去的。」大學生一直安慰她，他問她：「妳會不會等我？會不會？」她點頭，哭得肝腸寸斷。父親還沒出來，母親與幫中兄弟私奔

了，帶走許多財產，她才知道原來母親這樣恨父親。父親病了好長一段日子，不再信任人，甚至覺得那些在牢裏的本來就有罪，和他沒啥關係。她後來嫁了財主的兒子，他們答應會讓大學生脫罪出獄，卻沒有實踐約定。父親並沒有橫死街頭，她也沒有在婚禮上被槍殺，只是眞的沒有獲得幸福。大學生出獄後脫幫遠走，她也在多年後獨立生活，她知道自己違背了愛的信誓，他不會再來找她，除非她找到他。

她聽見他的最後消息是開貨車，穿梭於省道上，於是，她蓄起長髮，開設一家又一家綠色招牌的「鸚鵡檳榔攤」，她成爲檳榔西施，以半裸的身體，懸賞今生的戀人。

直到她消失後的許多年，這故事仍沸沸揚揚地傳說著。說那是一個颱風夜，她忽然不要命的，發狂似地攀上一輛貨櫃車的車門，縱使車子已經開動了，她披在身上的黑色薄長衫像掙扎的蝙蝠，險象環生，旁觀的人都驚呼起來。車子終於煞住，車門打開，一隻粗壯的手臂伸出來，將她攫進去。

看見的人也都聽見，她驕恣狂放的笑聲，閃亮在深夜。

生查子

五代 牛希濟

春山煙欲收，天澹稀星小。
殘月臉邊明，別淚臨清曉。
語已多，情未了，迴首猶重道：
『記得綠羅裙，處處憐芳草。』

詞場曼話

牛希濟，生卒年不詳，李後主時曾官至翰林學士。他的詞作流傳不多，《花間詞》中收錄的只有十一首，這闋〈生查子〉可算是詞人的代表作品。

這闋小詞寫的是離情，並巧妙的將自然景物與情感相結合，隨手拈來，樸質而優美。離別的背景是在春天的破曉時分，黎明前的嵐霧漸漸消散逸去，山的輪廓更清楚了。天邊懸掛的星子稀疏微小，即將沉落的殘月卻將臉頰照亮了，原來頰上晶瑩的並不是月光，而是在晨曦中閃耀的淚水。一整夜臨別的話語說得已經很多了，情意卻仍不能充分表達，眼看情人已經離去，又依依不捨的轉回頭來，於是再一次叮嚀道：「記得我最愛穿的綠色羅裙啊，不管你到哪兒去，看見芳草萋萋便會升起愛憐的情緒。」

「記得綠羅裙，處處憐芳草」，是全詞最有光華的句子，也因爲這兩句使牛希濟的名字變得重要。在愛戀著的時候，其實是我們的想像力發揮到極致的時刻，情人的一次蹙眉，一個微笑，都被賦予非凡的意義。特別是離別的經驗，讓我們體會著莫名的痛楚與深刻的相思，將人類的聯想力激發到顚峰。相愛的兩人小宇宙裏，定然會有一些只有彼此才知道的密語或信物，也許是一件外套，也許是一張卡片，也許是一種偏愛的飲料，也許是一些愛吃的零食，曾經是日常生活的尋常事物，都因爲離別而顯出重量了。揮別時刻，不談彼此的盟誓，不約生死，只是叮嚀再叮嚀，不要忘記啊，走到天涯海角，總會看見芳草碧連天，那芳草就是一個密碼，俯拾可得的印象，彌天蓋地的相思。

時光詞場

第一片

少年聽雨歌樓上，紅燭昏羅帳。

等閒妨了繡功夫，
笑問鴛鴦兩字怎生書。

大家都圍著表妹
想向她表達善意和親愛，
她也總是微笑著，點著頭，
偶爾，她會轉過頭
依戀地尋找他的目光。

他目送著她往登機門走去，然後拆開她封贈給他的那本日記，他貪婪地恨不得將整本日記吞進肚裏去。當他終於翻開日記本，一頁一頁地翻過去，他的淚水緩緩地泛進眼眶中……

原本，他並不歡迎她的，他早就擬好了暑假的打工計畫，早晚各兼一份工，暑假過後就能換一台NSR機車了，他已經夢想好久的。誰知道放假前忽然接到母親的電話，說是在德國定居的小阿姨的女兒要回台北過暑假，這女生是中德混血兒，不會說中文，只會說一點英語。家族裏的年輕人就只有他是外文系的，又要留在台北打工，就順便照顧一下表妹囉。他使勁全力想脫身，連男女授受不親這種上古時代的理由都說出口了。母親沉吟片刻：「這麼困難哦，那，我讓阿媽跟你說。」阿媽一上場他就完了，從小阿媽就是他經濟上的最大支柱，他們祖孫倆的感情一向特別深厚。他在電話裏向阿媽應承一切，連接機都包攬上身，這就叫做意氣用事了。

當他在機場裏看見表妹走來的時候，忽然有一種烏雲罩頂的預兆，就是那種自知即將沉淪卻無力可以挽救的感覺。

他的英文從不曾像此刻這樣的蹩腳，其實並不是詞彙的問題，而是太多言詞也無法表達的心意，太多來不及傳達的情意。更糟糕的是，他發現自己變呆了，只要她一笑，他就方寸大亂，腦中一片空白，他簡直沒法原諒自己。表妹雖然只有十七歲，穿著打扮卻像是個成熟的女人了，他難免虛榮的帶著她去舞會，去PUB，卻又無法控制嫉妒的火燄焚燒，他想和每個上來搭訕的男人幹架。於是，他改變了活動內容，帶著她往山上和海邊，人煙稀少的地方去，她穿著很清涼的短衣短褲，從爬滿海蟑螂的岩礁上跳躍而去，一邊歡快地大聲唱著他聽不懂的歌。他坐在岩石上看著她，忽然覺得自己變得好老，老得追不上她的青春，他頭一次感受到憂傷。

暑假快結束的時候，家族都聚集在一起，他奉命帶表妹回家鄉去和家族團聚。在阿媽的舊屋裏，他們一起看著牆壁上張貼的那些照片，那些孩子們小時候的照片，他看見自己小學畢業的憨厚模樣，也看見表妹滿月的洋娃娃模樣。原來，他們的照片一起被貼在牆上這麼久，他卻一直沒有察覺，或者說是視而不見。他以一種從不曾有過的溫愛情感，仔細端詳每張相片，也注視每位親人長者。大家都圍著表妹想向她表達善意和親愛，她也總是微笑著，點著頭，偶爾，她會轉過頭依戀地尋找他的目光。穿過許多人的阻隔，他總等在那裏，對她鼓勵地微笑，她領會到了，不再迷惑，繼續與親人們交際。他感覺到自己是她需要的一股力量，這發現令他驀然成長，成為一個男人。

阿媽午睡之後，屋裏安靜下來，他帶她去到他的後山，小時候他的快樂天堂。童年時他逃學啦，和玩伴打架啦，

惹母親生氣啦，都會跑到這裏來躲藏。他為她採了許多野薑花，告訴她，小時候與姐妹們常結成花冠戴在頭上，玩娶新娘的遊戲。他順手結了一個花冠，戴在她的頭上，她一身雲白的衣裙，眞的像一個新娘子。她乖乖地戴著花冠看著他，琉璃似的眼珠裏波光瀲灩，輕聲問：「接下來呢？」

接下來呢？他從她身邊跳開，替她拍照。除此之外，他再沒有勇氣。

黃昏時，他帶她去到舅舅家的禽鳥園裏參觀，她被成雙成對的鴛鴦鳥所吸引，問他這是什麼鴨？「嘿！這可不是鴨喲，這是中國人很喜歡的鴛鴦。為什麼喜歡牠們呢？因為牠們是很有情感的一種鳥，牠們一輩子都相愛，不分離，如果有一隻死去了，另一隻也無法活下去的。」他努力向她解說。她想了想，認眞詢問鴛鴦的中文該怎麼說，練習了幾遍之後，她忽然對他說：「你是鴛鴦，我也是鴛鴦。」他聽著她說中文，完全失去反應能力，這兩個月來，她只會說幾個簡單的字詞，「不好」、「太貴」、「好熱」、「餓了」，可是，她現在忽然說了一連串的中文，而且是深具意義的中文，他呆的更厲害了。後來，一直到她離開，都沒再說過一句中文，他每次想起鴛鴦，就懷疑自己聽錯了。

直到他送她去搭飛機，她從背袋裏掏出日記本送給他，然後，緊緊地擁抱住他。他拆開包裝，翻開日記，全是德文，是他不認識的，讀不出的心意，他感到頹喪。忽然，他翻到了她畫的圖，兩隻鴛鴦鳥，親愛的依偎著，羽翅上寫著他和她的英文名字。他的胸中湧動撞擊，淚水就這麼倏忽而至。

等閒妨了繡功夫，笑問鴛鴦兩字怎生書。

南歌子

北宋 歐陽修

鳳髻金泥帶，龍紋玉掌梳。
去來窗下笑相扶。愛道畫眉深淺入時無？
弄筆偎人久，描花試手初。
等閒妨了繡功夫。笑問鴛鴦兩字怎生書？

詞場曼話

歐陽修（西元1007～1072年）自幼貧而好學，由母親鄭氏以蘆荻畫地學習認字的啓蒙經歷，更是大家都熟知的故事。歐陽修是宋代古文運動的領導者，位高權重，對於提攜後來者不遺餘力，很具有知識分子的風範。他的詩作一洗華豔，親切自然；他的詞作卻繼承著五代詞風，表現出幽香細膩的情調。像是〈踏莎行〉的「離愁漸遠漸無窮，迢迢不斷如春水」；〈蝶戀花〉的「淚眼問花花不語，亂紅飛過鞦韆去」；〈玉樓春〉的「人生自是有情癡，此恨不關風與月」，都寫得委婉纏綿，情韻無窮。然而，當時與後代的人們尊崇他爲一代儒宗，竟不能接受他這樣的言情風格，斷定是他的仇家所僞作的，眞是一件煞風景的事。歐陽修儘管聲望極高，卻仍有他的風流韻事與私生活，這些詞作顯露出歐陽修的另外一面，也讓我們更感受到他的眞性情的可親可愛。

這闋〈南歌子〉將新婚期間的年輕夫妻的閨房之樂，勾劃的相當生動。新嫁娘早起之後，先將頭髮束成華麗服鳳鳥的樣子，再繫上金色的彩帶，並且將一柄雕刻著龍紋的玉掌梳，鬆鬆地攏在髮鬢。梳妝得異常明豔，卻又走到窗下偎進丈夫懷裏，愛嬌地教他看仔細，自己畫的眉色眉型是不是最時興的款式呢？兩人形影不離的一道寫字繡花，因爲不能專心的緣故，筆已拿在手中卻久久不能著墨，這是新嫁娘第一次展現自己的畫工與繡工，卻在兩情繾綣之間耽誤了下來。只見她又仰起頭來，滿面笑容地問著丈夫，那鴛鴦兩個字該怎麼寫啊？

愛戀中的兒女的嬌憨與情癡，於此表達得維妙維肖。滿懷情意的女子，哪兒是不知道鴛鴦怎麼寫啊？而是一種嬌癡的調情手法，自然而不矯飾的流露出來。常有人說在熱戀中的男男女女，總是不自覺的重覆著一些愚蠢的言語，並且樂此不疲。是啊，在戀愛的國度裏，精明或者果斷並無益於愛情，癡傻的單純與絕對的投入，才能令愛情發光，照亮我們的生命。

時光詞場

第一片

少年聽雨歌樓上，紅燭昏羅帳。

騎馬倚斜橋，
滿樓紅袖招。

他開始冷眼旁觀，
看著她在人群中的笑容，
看著她擺弄著他們的喜憂，
隱隱然竟覺得一種
奇異的滿足。

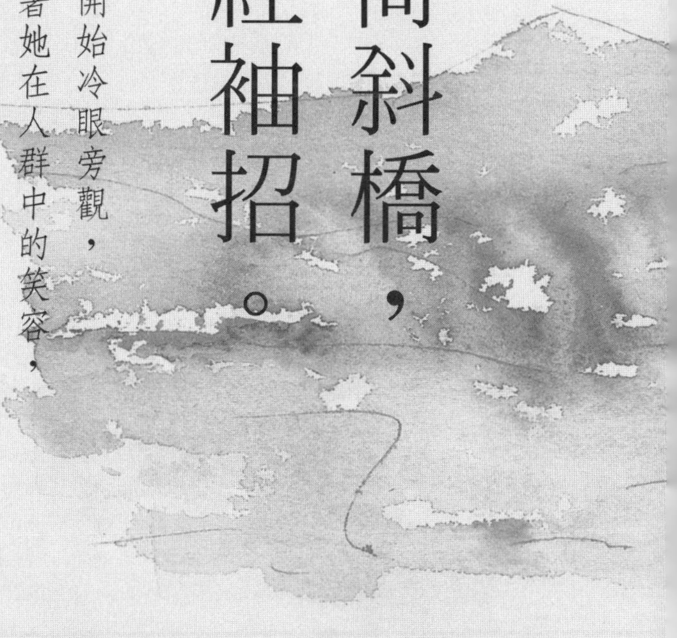

他愛戀著她的時候，就知道她是一個非常沒有安全感的女孩，他對她的傾心，卻是因爲她的霸道。第一次見到她，有點驚懾於她眼中的狡獪篤定，她的眼神對他說：「你一定會愛上我的。」不是對於愛情的期盼；不是對於異性的挑逗，而是命令，命令他必須要愛上她。他果然接受了她愛的命令，雖然他聽過太多關於她的戀愛事蹟。

她的美麗與不安全感混合成一種危險的氣質，彷彿隨時會戕傷自己似的。即使有這麼多男生愛慕著她，即使他是如此篤定深沉的愛戀著她，她卻仍在自己的太空中懸浮著，與世隔絕。有時候，她又是那樣的憂傷脆弱，幸福與她並無關係。每天放學他都要送她回家去，有時她先下課，便在餐廳或是社團或是走廊上等候他。當他走向她，永遠看見她被男生圍繞著，他們討好地對她說話，她驕傲地蹙眉，或者仰頭大笑，頸部是那樣優美的線條。頭幾次他看著他們，全身著了火，狠狠地焚燒起來，又怒又痛。後來他發現妒嫉一點意義也沒有，他不能改變她吸引人的事實，於是，他開始冷眼旁觀，看著她在人群中的笑容，看著她擺弄著他們的喜憂，隱隱然竟覺得一種奇異的滿足。

「我看你眞的有病了！」幾個死黨受不了他的平和涵納：「拜託！你像個男人的樣子好不好啊？」

他覺得眞切的痛苦是她對他常常視而不見，好吧，有好幾回他狠下心，對自己狠心的決定，既然妳不在乎，就各走各的吧。他不再去找她，也不送她回家，反正她身邊的男生那麼多，她會找到人陪，她會找到人送的。他夥著幾個死黨去唱KTV；他把自己掛在網上，從夜裏到天亮，找人窮聊天；他約了同學打籃球；再去啤酒屋裏買醉，只是每次愈喝愈清醒，很想奔去她的身邊。

大約一個星期之後，他在籃球場上與死黨搶球，吆喝著長距離射球得分，忽然，他感到一些異樣，周遭的空氣都凝結了，回轉頭，她

就站在籃球場邊緣的鐵絲網外面，蒼白著臉，眼睛炙亮地盯著他看。她站在那裏，像一隻斷線風箏，下一刻就會飛走了。

他將球傳給身邊的人，向她走去，顧不得死黨們阻攔的叫聲，他就這麼走向她。隔著鐵絲網，他們面對面，她對他說：「你不送我，我都不知道怎麼回家了。」嬌癡的埋怨，他知道自己失敗了，他一籌莫展。

有一回社團的朋友們相約一起到山裏去，他注意到她特別留意一個並不熟識的男生，那男生是個轉學生，有一種與他們都不相似的神情氣宇。休息的時候，他問她要不要喝水？她心不在焉的搖頭。過了一會兒，他竟看見她走到正在喝水的轉學生那兒討水喝。轉學生微笑著，將剛剛對著瓶口喝過的水遞給她，他沒等到她喝水，就氣沖沖地走了。他一路往前走，把所有人都甩在後頭。他不明白她，雖然她曾說過，她只是覺得許多人很好玩，並不是認眞的。直到他累了，坐在路邊等大家，所有人都來了，包括那個轉學生，唯獨不見她。有人告訴他，她還在那裏等他。他往回頭路走去。

她在峽谷裏等他，站在懸崖邊緣的欄杆旁，上半身往下探，看起來岌岌可危。他出聲喚她，她轉頭望著他，臉色被水光映照得極瀲灩，眸子裏有著漾出來的魅惑，她說：「我以爲你不回來了。」他沒說話，積唐地朝她攤開手，緩緩走近她，他們沉默地聽著溪水湍急猛烈地擊打山谷的聲音。然後她說：「我就像山一樣，總在這裏，你卻像溪水，總會離開的。」他沒有和她爭辯，因爲她說的並不是眞的。

後來，他的世界裏出現另一個女孩，女孩顯然也聽聞過他的故事，每一次同他在一起，都充滿著溫柔的理解與憐惜。但，他並不愛女孩，他的心裏已經被愛的狂喜和痛楚充塞得滿滿的了。女孩說：「有些人因爲擁有太多愛，所以從不懂得珍惜眞正的情感。」他知道女孩想點醒他，但，他不想醒來。女孩說：「我相信情感可以培養，兩個人在一起久了就會有眞情。」他知道女孩想救贖他，但，他寧願沉淪。女孩只得離去了，他覺得無助，卻沒有阻攔。他只是恐懼，他的愛有沒有可能讓自己終將一無所有？

她完全漠視他的感覺，說了令他心碎的話，他霍然起身，甩上背包離去了。他決心就這麼結束，這已經是第七十八次了，他決定不再愛她，這一次是眞的，他一定可以辦到。走到十字路口，等紅燈，他站著，問自己：「她一個人，要怎麼回家呢？」綠燈亮起，他沒有過街。

他想起峽谷中她的譬喻，她果然是山谷，山谷始終在那裏，卻什麼也不做。他的確是溪流，奔騰著呼嘯著輾轉著，日夜不息的想要離開山谷，卻只是永遠不會成功的，練習。

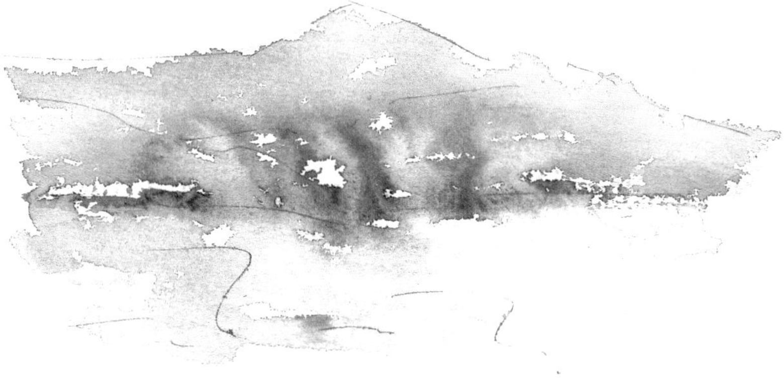

菩薩蠻

唐 韋莊

如今卻憶江南樂，當時年少春衫薄。
騎馬倚斜橋，滿樓紅袖招。
翠屏金屈曲，醉入花叢宿。
此度見花枝，白頭誓不歸。

詞場曼話

韋莊（西元836～910年），是唐代詩人韋應物的第四世孫，才敏過人，勤奮好學。他生於唐代末期，赴長安應考時，曾親眼目睹黃巢之亂在京城的燒殺擄掠，並將社會離散的情狀寫成一千六百多字的敘事長詩〈秦婦吟〉，這首詩在當時相當著名，也為韋莊贏得了「秦婦吟秀才」的雅號。長安城覆亂之後，他避居江南十餘年，很為江南一帶的富庶繁華所吸引，於是走向了風流放蕩的生活。韋莊七十一歲那年，唐亡，王建稱帝為蜀，一切開國典章制度皆出於韋莊之手，他在前蜀位高權重，擔任宰相之職，直到七十五歲過世為止。

韋莊的詞通俗質樸，疏淡秀雅，是深諳白描藝術的作家。他在江南遊歷的日子，有許多情愛糾葛，或是婉轉情深的「琵琶金翠羽，絃上黃鶯語。勸我早還家，綠窗人似花。」〈菩薩蠻〉，或是追念悒怏的「不知魂已斷，空有夢相隨。除卻天邊月，沒人知。」〈女冠子〉，在這些抒情的詞作中，皆可見眞實的生活感受。如一系列的〈菩薩蠻〉裏，都是對於江南青春的戀慕與追憶，而「如今卻憶江南樂，當時年少春衫薄。騎馬倚斜橋，滿樓紅袖招」一闋，更是將年少時的風流自賞與江南旖旎風光，做出最生動的結合與呈現。

多年之後仍常常回憶起江南生活的快樂時光，特別是在自己年輕時放浪不羈的那些日子。春天剛剛來到，便已經迫不及待地換上一身輕便如薄霧似的衣裳，騎上駿馬斜斜地倚在橋邊，看著整條街的酒樓樂院，數不清多少美麗的女子，正張起蝴蝶一般繽紛的袖子，向我招呼著。打開了玉屏風與金角鍊，就這麼一重重地推門而入，酒醉之後自然是在美女的溫柔鄉中入眠的，只是啊，當時太過年輕，沒有意識到這是一種幸福。如今年華已老，竟又遇到了一位知情解意的紅粉知己，爲了珍惜這份情意，便是滿頭已然花白，也不肯離開此地，返回故鄉的。

「騎馬倚斜橋，滿樓紅袖招」，這兩句詞中有著鮮明如畫的色彩與動作，也反映其中人物的心態與情緒。

青春是驕傲的，受人愛慕更是驕傲的，既不向前也不往後，停在橋上的時光，只是想要享受更多被青睞與被重視的滋味。然而，在這耽美的時刻，猶豫之間，卻可能令多少眞情眞意悄然流逝？

時光詞場

第一片

少年聽雨歌樓上，紅燭昏羅帳。

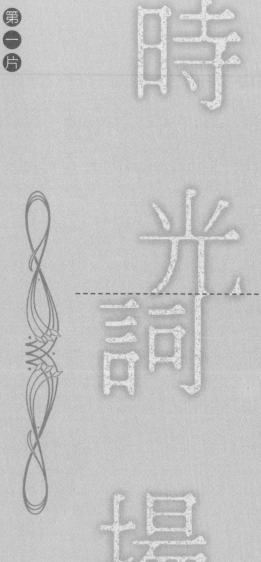

日日思君不見君，
共飲長江水。

小男孩什麼時候離開的？
他找到父親和母親嗎？
他買了一個大房子嗎？
有些人就是不能住在一起的，
小男孩現在明白了嗎？

一隻花瓶在她面前墜落粉碎，她用盡所有氣力，大聲痛號，不是哭，而是號叫，像野獸那樣地原始，她崩潰了。那年只有十歲。

父母親的關係一直很緊張，她常常看著他們關上房門，獃在房裏很久，門內隱隱約約傳出尖銳的咆哮與爭執。她不願想像，那些影像卻不斷在腦中播放，父母親憤怒的向彼此吐出最惡毒的話。他們應該要分開了吧？他們爲什麼還不分開呢？他們是這樣的痛恨彼此。可是，下一刻，房門打開，她看見的是穿戴整齊的父母親，他們像一對恩愛夫妻般的出現在她眼前，他們臉上甚至還帶著光采的笑容，準備連袂去參加晚宴或者應酬。她覺得很錯亂，到底什麼才是眞的？什麼又是幻覺與假象呢？

有段時間獨居的祖母來和他們同住，祖母是個罕言寡語的老婦人，卻常常在廚房裏製作小糕點給孫女吃。一個深夜，她忽然從夢中醒來，赤著腳奔向父母房裏，房門緊閉，她聽見一聲高過一聲的喧嘩，夾雜著啜泣，她在走廊蹲下，下巴安放在小小的膝頭，等待著不知是什麼的等待。祖母輕悄地來到她身邊，也蹲下，安靜地。她轉頭問祖母：「他們在吵架。是不是？他們總在吵架……」祖母不說話，輕輕擁抱住她，輕輕在她耳邊哼唱起一首歌來。那夜，她隨著祖母回房，就睡在祖母身邊。祖母後來因爲母親的緣故又搬走了，不久之後心臟病發去世，喪事還沒辦好，父母親就起了爭執，這一次，他們沒有避開她，從動口到動手，一隻花瓶在她面前爆裂粉碎，她就崩潰了。

她被送到山上的茶園去住了半年。茶山老奶奶是祖母的手帕交，允諾父親會好好的照顧她。上山以後，她就不再開口說話了。不管茶山老奶奶怎麼哄；茶山伯伯和伯母怎麼勸，她緊緊閉著薄薄的嘴唇，就是不說話。

茶山上幾個較大的孩子都去城裏唸書了，只有一個小男孩，比她還小兩歲，母親跑了，父親進城去了，他有一雙晶亮的黑眼眸。當她在茶園裏住下的第一天晚上，小男孩就來敲她的房門，她從榻榻米上翻身起來，打開繪著綠竹圖案的拉門。小男孩穿著睡衣，身上有肥皂的淡淡香氣，他將一隻舊舊的毛毛熊塞給她：「這個給妳。這是大姊姊送給我的，讓牠陪妳睡覺。」她不動也不接，小男孩遲疑了一下，收回毛毛熊跑走了。她呆呆地，正準備關上門，小男孩又跑回來了，這一回，他抱著一條淺藍色的薄毯子，氣喘噓噓地：「這個，這個借妳好了，這是我媽媽給我的哦。」她看著小男孩，搖搖頭，輕輕拉上門，躺回自己的枕頭，真切的感受到，已經離開家了，和小男孩一樣，沒有父親，也沒有母親了。

秋天的晴空下，她一個人從房子裏溜出來，走進茶園濃密深處，望著山下的城市，錯落的高樓大廈，她知道自己的家在那裏，但是不能回去，雖然，她只是個十歲的小女孩，卻有了龐大的寂寞與憂傷。她蜷起身子，開始哼唱著祖母的歌，感覺著祖母環抱她的安全與溫暖。她是如此安靜，所以大半天的失蹤，並不會引起忙碌的大人的注意。可是，常常，她的身後會跟著一個更小的孩子，是那個小男孩。男孩跟她一段路，然後，在離她不遠的地方蹲下。風捲過女孩的裙角；又捲過男孩的衣袖，吹動著茶山的枝葉，發出咻咻的聲響。

「我可不可以？」男孩一邊蹲著移動一邊問：「蹲在妳旁邊？」

她轉頭時發現，他已經靠著她蹲好了，還咧著嘴笑，缺一顆門牙。

「妳在這裏幹嘛呀？」

「唱歌。」她沒好氣的。

「哦。」他點頭，乖乖的蹲著。

「你在這裏幹嘛呀？」她忍不住了。

「聽妳唱歌呀。」他還是乖乖的。

只有小男孩聽過她說話，只有小男孩可以與她交談。她後來被接回家，父親帶她到日本去，她在那裏成長，漸漸忘記了童年的傷痛。長大以後，她回台灣，打聽到茶園已經賣了，茶山上的一家人都搬走了。但是，她始終記得那些在山上唱歌的日子，每一次遇到生命中的挫折痛苦，她總要開車上山，所幸茶山依然，她像小時候一樣，蜷坐著吹吹風，輕輕唱起歌來。

「我可不可以，蹲在妳旁邊？」有一次，她在陽光照射得恍惚的片刻，聽見有人這樣問。她轉頭，看見那個小男孩，一雙黑亮的眼眸，抱一隻頸部即將折斷的毛毛熊，正笑著問她，笑起來可以看見缺牙。她溫柔地拍拍身邊的草地，讓他捱著自己坐下來。

「等我長大以後，就要到城裏去，找到我爸和我媽，然後買一個大房子，讓他們住在裏面，妳也住在裏面，好不好？」

她的眼睛濕潤了，明明是多年以前說的話，卻令此刻的她哭泣起來。當年她離開之後，小男孩還來這裏嗎？小男孩孤單的時候，會唱起她教他的歌嗎？小男孩什麼時候離開的？他找到父親和母親嗎？他買了一個大房子嗎？有些人就是不能住在一起的，小男孩現在明白了嗎？這座小小的茶山，她一遍又一遍的來到，只爲了感覺身邊有個永恆的小男孩，忠實的陪伴。

卜算子

北宋 李之儀

我住長江頭，君住長江尾。
日日思君不見君，共飲長江水。
此水幾時休，此恨何時已。
只願君心似我心，定不負相思意。

詞場曼話

李之儀（西元1037～1117年），他曾任蘇東坡的幕僚，並以弟子之禮事東坡，然而，他的詞作卻沒有受到東坡的影響，反而是更接近於柳永的市井趣味與纏綿情思。像是〈謝池春〉中的：「不見又相思，見了還依舊。爲問頻相見，何似長相守？天不老，人未偶。且將此恨，分付庭前柳」，便將相思之中難以掙脫的苦楚，形容得入木三分。有趣的是蘇東坡對於弟子們學習柳永的詞風，一向不以爲然，卻對李之儀的詩詞表現出讚賞之意。他曾在一個寧靜之夜，讀了李之儀的百多首詩，直到深夜，欲罷不能，並寫出了「暫借好詩消永夜，每逢佳處輒參禪」的句子。或許因爲東坡瞭解這樣的作品，正眞實的呈現出

作家的性格與稟賦吧。像是〈卜算子〉這闋詞，便更接近於民歌的精神，復疊回環，深婉含蘊，吟詠之時，如此親切有味。

這闋詞是模擬一個年輕女子的口吻而作的，可以聽見女子的深情相思，也可以感受到對於分離的瞭然於心：我住在長江的上游，你卻住在長江的下游，隔著如此漫浩的距離啊，我的不能收束的情意，就這樣湯湯如江水般，向你淌流而去。每日每夜我思念著你卻不能相見，然而，我們所飲用的同樣是這條長江的流水。這江水要流到哪一天才停止？我倆分離的遺憾要到哪一天才能終止？只盼望你的執著也能如同我的堅心，那麼，我們都不會辜負了彼此深切的相思與情意的。

「日日思君不見君，共飲長江水」，這是最被人稱道的絕妙好詞，好在它既不艱澀，又相當口語化。思念之情不管再炙熱熬煎，都是無形的，難以描摹，共飲長江水的意象，卻將這種連繫，變得具體可見了。這種共在一個天宇之下，共在一場雨裏，共在風吹陽光的感覺，便是不得不分離的有情人們，最妥貼的安慰了。如此一來，思念的情緒也就獲得了提昇與淨化。

時光詞場

第一片

少年聽雨歌樓上，紅燭昏羅帳。

瘦應緣此瘦，
羞亦爲郎羞。

他就在她的世界邊緣發著光亮，
旋轉著靠近來，
又旋轉著消失了。
她的整顆心虛懸著，
很像那些乒乓球，跳啊跳的，
總進不了玻璃缸。

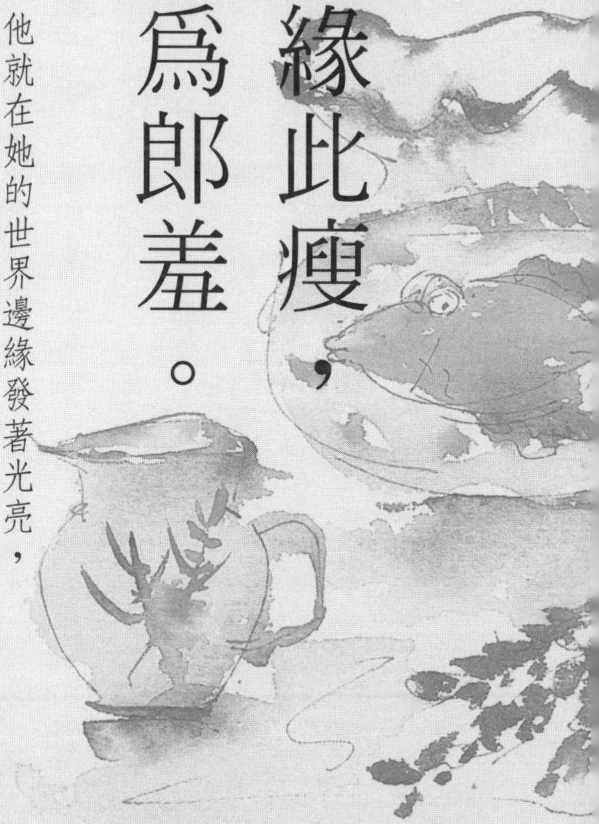

當夜市場的燈光在黃昏裏一齊點亮的時候，她的精神總會振奮起來，雖然，這樣的景色已經看過二十年了。幼年時她就同父母親到這裏來擺攤子，父親擺的是跳跳球，一大片小小的玻璃魚缸排列開來，客人們將一籃乒乓球投進缸裏，並隨著球數多寡換取禮物，那時候最多的可以換到一包洋煙，如果只有一球投進就換一個橡皮擦。這個古老的傳統夜市是鎮上的重要觀光點，有射箭、射汽球、小鋼珠和撈金魚的各式攤子，父母親忙的時候就給她一只魚缸和幾塊零錢，教她去撈魚攤那兒打發時間。她有時在自家攤上瞌睡著，似夢似醒之間看見所有的玻璃魚缸裏都盛著金魚，各種顏色的魚兒拖著晚禮服似的長尾巴，自在的嬉游著，於是，她就在夢裏微笑起來了。

她在攤子上小學畢業，中學畢業，母親病了，她沒有再升學，和父親一起照顧攤子。每天下午，她就和父親把棚子撐起來，細心擦拭每一只玻璃缸，點數籃子裏的乒乓球，等著天漸漸黑了，人潮緩緩聚攏，然後，夜市裏的燈忽地一起燃亮。她便下意識地望向遠方入口，等待那個她每天都要等著的男孩。

男孩第一次出現時，他們都只是十幾歲的少年，男孩不經意投進許多球，只是挑禮物的時候很費了一番功夫，她後來才知道那是因為男孩家境富裕，那些粗糙的玩意兒，他根本挑不上。男孩每次來都夥著同伴，一群人吵吵鬧鬧地，她安靜地將球籃遞上，安靜地退到一旁，有時候他抬眼看看她，就能讓她心跳好久。那一次，下過雨的夜市場顯得冷清，男孩一個人來的，他沉著臉買下好幾籃乒乓球，卻連一球也沒投進，他用力地投擲著，過度專注的動作，彷彿與人有著深深怨仇。當他轉身走開的時候，她看見他臂上繫著的麻蝴蝶，原來如此。是父親還是母親呢？她的母親也在不久前過世了，她懂得那種絕望與悲哀，一瞬間，她忽然覺得自己與他是同命的，如此親近。

男孩考上大學了，離開故鄉到城市裏，只在假日歸來，仍然帶一群男生女生到夜市狂歡。那些男生女生的穿著打扮都很時髦，他們的出現總令她自慚形穢，他的出現又令她歡喜得不知所以。她找錯錢，算錯球，迷迷糊糊地。父親會悄悄靠近，提醒她專心點。她怎麼能專心呢？就算專心又能做什麼呢？他就在她的世界邊緣發著光亮，旋轉著靠近來，又旋轉著消失了。她的整顆心虛懸著，很像那些乒乓球，跳啊跳的，總進不了玻璃缸。

但，那一刻終於來了。她看見他攬著一個漂亮女孩走過來，只有他們兩個人，沒有嬉鬧，也不喧嘩，她的心忽地直直落下，不是落進玻璃缸，而是暗黑不可測的深淵。經過許多年，他們的禮物已經換成皮卡丘、**Kitty**貓，還有各種顏色和造型的充氣玩具，以吸引小朋友和女性顧客。果然，女孩看見那個大型的充氣**Kitty**貓游泳圈的時候，整張臉都煥發著光采。

「我要那個，人家要那個啦！」女孩膩著他，長髮纏綣在他的胸

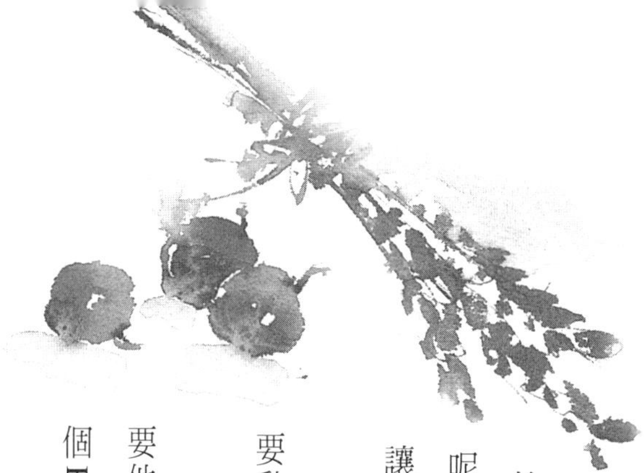

前。

她的臉刷白，接過他遞來的錢，竟抑止不住微微顫抖。他接住她捧來的四籃乒乓球時，有些詫異地看了看她。

那天他的手氣並不好，或許因爲女孩黏得太緊了，常常令他分神。乒乓球彈在玻璃缸邊緣，無助地四散彈跳，她不斷地俯身追撿，撿到了就扔進他的籃子裏。她自己也不明白，到底在做什麼呢？她想讓女孩得到那個Kitty貓，或許可以看見他的笑容；她不想讓他離開這個攤子，恐怕他永遠不會再來了。

「嘿！」他忽然喚住她，看著她的眼眸黑得燦亮：「妳就站著不要動，妳站在我身邊，我的運氣才會好。」

她再也走不動了，她想站著，站到天荒地老，就站在他身邊，只要他給她一個站在身邊的位置。她就這樣站著，看著他爲女孩得到那個Kitty貓，看著他們歡喜地扛著Kitty貓走開，看著自己無可挽救的陷落在愛的憂傷裏面，也看清楚了自己與他就像天上的流雲與海裏的珊瑚，絕無相戀的可能。

只要夜市的燈一點燃，她就會習慣性地望向遠方，但，並沒有望見她想望見的。有一次，她作了一個夢，夢見少年的他到攤子上來找她，問她願不願意陪他去參加舞會？她快樂極了，也驚惶極了，她說她願意，可是，她沒有合適的衣裳穿。他彎下身從小小的玻璃缸中拉出一件美麗的禮服，告訴她禮服一直在這裏，只是她沒有發現。

她將禮服緊緊擁在胸前，無比愉悅地微笑了，正像童年那一次，見到所有玻璃缸都盛著金魚時，那樣心滿意足的微笑。

瘦應緣此瘦，羞亦為郎羞。

臨江仙

南宋 史達祖

愁與西風應有約，年年同赴清秋。
舊遊簾幕記揚州。一燈人著夢，雙燕月當樓。
羅帶鴛鴦塵暗澹，更須整頓風流。
天涯萬一見溫柔。瘦應緣此瘦，羞亦為郎羞。

詞場曼話

史達祖（西元1160～1210年）曾被南宋主戰派的韓侂胄所倚重，前途不可限量，然而，隨著在上位者的心緒轉變，韓侂胄獲罪，史達祖也遭到黥面的刑罰。他的際遇，很能反應出文人在亂世中有志難伸的莫可奈何，彷彿也預示了偏安朝廷終將滅亡的可悲命運。史達祖才思敏捷，不僅能在政壇受人矚目，在詞的藝術表現上也很精彩。他的那些詠物詞尤其清新可喜，像是詠春雨的〈綺羅香〉：「做冷欺花，將煙困柳，千里偷催春暮」；詠燕子的〈雙雙燕〉：「芳徑，芹泥雨潤。愛貼地爭飛，競誇輕俊」等等，都表現出細膩宛如工筆畫的優美情調。至於這闋〈臨江仙〉更是婉約派的餘風，將一位女子既爲情苦又爲情癡的樣貌，鮮活地描摹出來。

這因愛與思念而引發的愁緒，好像和西風約好了一般，每一年的秋天總是一同到來。舊日曾經到簾幕重重，風光旖旎的揚州城的回憶，依然清晰。一盞燈火，溫柔地將人帶入夢中，夢見了相逢。一雙燕子，輕巧的翩翩飛越畫樓，在明月照射中惆悵的醒來。繫住相思的羅帶上，繡著的鴛鴦曾經那樣鮮豔，如今卻已蒙塵，在時光中漸漸黯淡了。儘管憔悴了容顏，卻仍努力打起精神，想讓自己的風采如昔。天涯海角，料不準會在何時何地相逢，假若眞有重逢的一天，情人便會明瞭，所有的消瘦都是因爲思念的緣故；所有的自慚形穢也是因爲情人的緣故啊。

年輕的時候，人們如此勇敢的投入在愛情中，沒有什麼比戀愛更神聖、更重要的

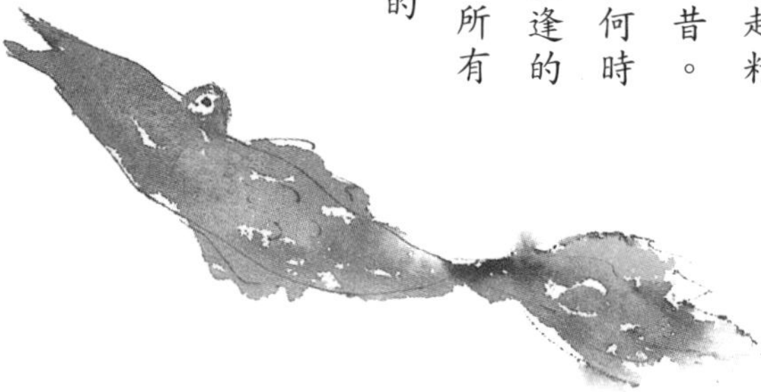

事了。正因爲這樣的專心誠意，有了歡喜也有了憂傷，有了盼望也有了恐懼。我們擔心自己的形貌不夠美好，自己的家世難以匹配。有些敏感的人，因爲愛的緣故，忽然覺得全身洞明，隨時可能被對方看穿，於是企盼一種深沉的瞭解。可惜，多半的戀人在相愛的時刻，都不夠瞭解，瞭解了反而選擇離別。咀嚼最初的愛戀滋味，我們發現在患得患失中，擁有的是最珍貴的學習。

時光詞場

第一片

少年聽雨歌樓上，紅燭昏羅帳。

嬌癡不怕人猜，
和衣睡倒人懷。

她想起自己被毛毯溫柔包裹；
想起那些被自己乾燥掛起的紫玫瑰；
想起秋秋笑得好開心地說，
我們是同鄉耶，
她如此如此的想念秋秋。

她一進大學就遇見秋秋，或許應該說是秋秋刻意要認識她。

新生訓練那天，秋秋穿著短褲和夾腳拖鞋，晃到她身邊，叫著她的名字，笑容滿面的說：「我們是同鄉耶！好巧吧？」她有些僵硬的點點頭，不習慣這樣的招呼方式，好像已經很熟了似的，其實，根本是第一次見面。「我叫秋秋哦。妳可以叫我秋秋，我們是同鄉耶！」秋秋一邊往後退一邊說，撞到了人，狼狽地向人道歉，卻仍捨不得把眼睛從她身上收回。她的臉忽然紅了起來，在心裏罵自己神經。

上體育課時如果下雨，老師就教他們圍坐在一起聊天，互相介紹，彼此認識。有時候可以問其他同學一些問題，那一陣子的雨特別多，他們聊的天比打的球和跑的步還多。有一回又是下雨天，大家親愛精誠似的坐在一處。那天的秋秋盯著她，不懷好意的笑，她已感覺不妙，果然秋秋問她：「妳在談戀愛嗎？有男朋友嗎？」其他的人都笑著喧嘩起來了，紛紛取笑秋秋別有用心。「對啊，我就是關心她，怎樣？」秋秋抬起下巴，理直氣壯的。她瞄了一眼，已經懷孕的老師正在打盹，並不能替她解圍。「我只想知道，我有沒有機會，如此而已。」秋秋輕聲但是眞摯地說。喧嘩聲忽然靜寂下來，大家恐怕都被嚇到了，就像她一樣。秋秋的身子挺直，無所畏懼，她有些被震懾了，說不上來是因爲什麼。過了好一會兒，她才找回自己的聲音，僵著脖子，很困難的說：「這是，我的秘密。」

秋秋原來是同性戀。這秘密被炒爆了，迅速在校園漫延開來，大家帶著豔羨又好奇的眼光看著她，看著她們何時才會手牽手一起出現。秋秋是個很出色的女生，只是不重打扮，那雙長腿不管穿短褲或者穿牛仔褲，都煥發著強烈吸引力，吸引著男生也吸引女生。秋秋大大方方展開追求，每天送一枝長莖紫玫瑰到她的教室去，有時候甚至委託教授幫忙送花。搞不清楚狀況的老教授，拿著一枝玫瑰，在講台上叫她的名字，很善解人意的問：「過生日啊？生日快樂！」同學們笑得不亦樂乎，一起叫著生日快樂。她就這麼莫名其妙的過了許多生日，好幾次她都有衝動，想教秋秋停止。但，她其實根本找不到秋秋，而且，她也不敢面對秋秋，她還沒找出一種恰當的態度。是的，態度，態度是很重要的，不是嗎？

冬天到來時，她兼了好幾份家教的工作，為自己賺取下學期的生活費，這是她和家裏的協議，家裏並沒有供她唸大學的預算，她必須要靠自己。她有時候甚至一個晚上趕兩場，寒流中抖瑟著在站牌下等車。秋秋的機車在她面前停下，全罩型的安全帽上被燈光照得燦燦閃亮，像許多小星星，脫下安全帽，她看見最亮的兩顆星子，是秋秋漾漾地眼眸：「我送妳，上車吧。」她環抱住自己的身體，拿不定主意，不知道應不應該上車。秋秋逕自下車，取出一條毛毯，裹起她：「上車吧，妳快凍斃了。」她裹著秋秋的毯子，只好上了秋秋的車。

在秋秋背後，她問：「妳為什麼……」她想知道秋秋為什麼送花？爲什麼來接她？爲什麼對她這麼好？可是，她其實都知道是爲什麼，又何必多此一問呢？只是忽然覺得很哀傷，自己也不明白爲什麼這麼哀傷？

「別上這麼多課，妳吃不消的。」下車的時候秋秋說。「我需要工作啊！我不像妳，妳很有錢，妳想做什麼都可以。我們不一樣的，妳明白嗎？」她忽然憤怒起來，對著秋秋發洩，好像她等著這個機會已經很久了。

她扔下秋秋一個人，在夜的街頭。一個多禮拜之後，秋秋的好友來找她，告訴她秋秋整天獃在PUB喝酒，狀況很糟。「爲什麼來找我？」她的臉色緊繃，彷彿仍在生氣似的。朋友說，大家都知道只有她可以令秋秋振奮，也只有她會令秋秋痛苦沉淪。當那朋友第二次來找她的時候，她同意去看秋秋。同時她才知道，秋秋每夜都在PUB當調酒師，唸高中時便已經自給自足了。朋友又說秋秋並不是隨便的人，大家都是第一次看見秋秋這麼認眞。

那家PUB在地下室，燈光詭譎，煙霧繚繞，音樂聲震耳欲聾，許多人瘋狂地在舞池中擺動身軀，有一群人不停的搖頭，像是上緊了發條似的。「搖頭丸啦！」朋友對她說，她一向只是聽說，這還是頭一回看見。朋友拉著她在吧台前坐下，秋秋正像舞蹈似的揮動著調酒器，忽然凝凍住，轉頭問朋友：「帶她來幹嘛呀？」「妳來我不能來嗎？」她搶著回答：「我要喝酒。」秋秋一言不發，從吧台出來，握著她的手腕，將她帶出PUB，靠在牆邊，她們對看著，沒有說話。「爲什麼要來？」秋秋悶悶的問。「想知道妳在幹嘛呀。」她說。秋秋的背脊貼靠在牆壁上，雙手插在皮褲口袋裏，像噴吐煙霧似的問：「何必呢？我們是不一樣的人。」「可是，我不想看見妳抽煙、喝酒、吃搖頭丸！」「我沒吃搖頭丸，從來也沒有！我不要給妳理由拒絕我。儘管妳終究是要拒絕我的……」

「爲什麼？爲什麼是我？」當她問這個問題的時候，淚水滾滾而下了。「我也不明白，愛上一個人是找不到任何理由的。我也不想這

樣爲難妳，爲難我自己。」秋秋替她拭淚，然而自己的眼眶也紅了。

「那，我們能不能成爲朋友？只是朋友？讓我們，我們重新開始，好不好？」她要求著。秋秋應允了她，應允試著與她做朋友，應允不去打擾她，應允一切她所期望的。然而，她很少很少看見秋秋了。

春假時候，她回家去了，正和弟弟下棋，忽然看見電視新聞播出警方取締一家販賣搖頭丸的PUB，她看見許多人被揪住，看見酒瓶與警棍齊飛，她的心臟猛地捶擂著，會不會……她一刻也停不住，立即奔往火車站。坐上夜車，看著深夜裏的平原，這也是秋秋慣常見到的風景吧？她們來自同一個地方，卻爲什麼要隔得如此蒼茫？她想起自己被毛毯溫柔包裹；想起那些乾燥懸掛起來的紫玫瑰；想起秋秋閃著亮光的眼睛，黯然的說著，我也不想這樣爲難我自己啊……她如此如此的想念秋秋。她知道，從此以後，再沒有什麼可以阻攔她了，其實，從她第一次臉紅的時候，就已經知道了。

嬌癡不怕人猜，和衣睡倒人懷。

清平樂

宋 朱淑貞

惱煙撩霧，留我須臾住。
攜手藕花湖上路，一霎黃梅細雨。
嬌癡不怕人猜，和衣睡倒人懷。
最是分攜時候，歸來懶傍妝台。

詞場曼話

朱淑貞（生卒年不詳），約是南宋時的女詞人，自幼便顯出不凡的才情，喜愛讀書，據說在當時堪稱爲才貌雙全的女子。可惜，她嫁了一位不能解情識意的庸碌男子爲妻，婚姻生活的不愜意，使她的詩詞都滿溢出一股哀悽的情感。從她自號爲「幽棲居士」，就可以瞭解她的苦悶與抑鬱。有人將她的斷腸詞與李清照的漱玉詞遙遙相對，並稱雙絕。卻也有人批評她的詞深度不夠，在朱淑貞的時代，一個女人的發展與她的婚姻有著如此密切的關連，與其批評她的深度，不如檢討舊式社會中給予女人的空間與尊重是何等有限。淑貞的詞中常可見到精神上的孤絕與痛苦，像是「獨行獨坐，獨倡獨酬還獨臥」〈減字木蘭花〉，兩句之中連用五個獨字，也將詞人的日常生活描繪出來，眞是無可消解的孤獨啊。這一闋夏日遊西湖的〈清平樂〉，反倒是少見的甜蜜歡樂了。但願這不只是詞人的想像之作，而是確曾發生在生活中的明亮片段。

與情人攜著手相約到湖上賞蓮花，卻逢著一陣黃梅雨，這雨來得全無道理，迎面而來的煙霧繚繞，固然遮斷了前行的路，卻也爲情人保留住更多相聚的時光。在躲雨的地方，就這麼大方的睡倒在情人懷中，對於情人的依戀已不想掩藏，也不願隱蔽，就這樣天眞的表現出來，不在乎旁人驚怪。最難的一刻是與情人分離時，如此難捨難分，回到自己的房裏仍有一種如夢似幻之感，慵懶地斜倚著妝台，回味著每一個令人難忘的細節。

「嬌癡不怕人猜，和衣睡倒人懷」，這兩句詞將青

春戀人坦然示愛的情態，描摹得如此生動可愛。我們常在校園裏或是公園裏或是任何一條街道上，看見相偎相抱在一起的情人，他們旁若無人的擁吻或者撫愛，令旁人覺得臉紅心跳，年紀更大的人甚至要掩面而過的。但，他們只是在心旌蕩馳之際，就這麼直接而明確地表達出對於彼此的癡迷，甚或是愛的禮讚。對於青春戀人來說，這是再自然不過的事了。

西風。

第二片

壯年聽雨客舟中
江闊雲低斷雁叫

無可奈何花落去，似曾相識燕歸來。

欲買桂花同載酒，終不似，少年遊。

欲說還休，卻道天涼好個秋。

細看諸處好，人人道：柳腰身。

舊時天氣舊時衣，只有情懷，不似舊家時

馬滑霜濃，不如休去，直是少人行。

回首向來蕭瑟處，歸去，也無風雨也無晴

時光詞場

第二片

壯年聽雨客舟中，江闊雲低斷雁叫西風。

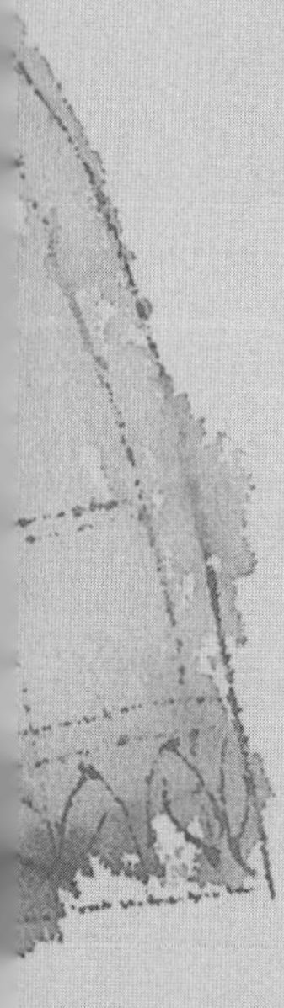

無可奈何花落去，
似曾相識燕歸來。

他彷彿看見陽光下
被釣起來的鱒魚，
鱗片閃動的痛苦和美麗。
就在此刻，
他終於理解了那樣的痛苦與美麗。

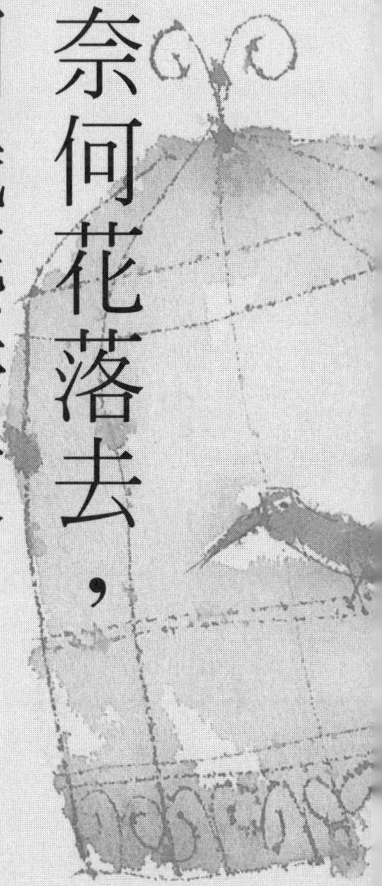

他從溽暑的夏日街道走進地產公司，爲的只是要找一個秋天來時可以安居的短暫租屋。他有些後悔，應該讓美國公司替他處理租房問題的，他原本以爲這是一件容易的事，然而，離開故鄉已經許多年，太多新建的高樓大廈迷障了他的眼，他根本失卻方向，像一隻囚禁過久忽然獲釋的鳥雀，無狀驚飛。他甚至開始懊惱自己答應這個差事，太過莽撞，他應該留在美國中部的小城裏，平日接送妻子和女兒上學上班，假日裏推著除草機想著冰啤酒，或者與鄰居結伴到溪邊垂釣。他實在不該爲了一個單人公寓在這裏奔波的。

地產公司聽說他只要租兩個月，又要傢俱齊全，交通方便，都失去了熱情，有人甚至建議他不如住飯店，反正公司會負擔。但，他很想要一個自己的居所的感覺，很久以前，他曾在這裏有過這樣的夢想，一個自己的房子和家人，這夢想並沒有實現。他在仲介面前坐下，確實有些疲憊了。「我有什麼可以幫你的？」一個女人的聲音，清泠而專業地。

他抬頭看見這個女人，呼吸忽然停止，接著便抽離出這裏，抽離出這座城，抽離出這個時空。他彷彿回到去年的滑雪場，小女兒穿著紅色雪衣，戴著彩色毛線帽，向他招手道：「嗨，爹地，我在這裏。」他彷彿回到幾年前的森林，大肚子的妻捧著許多松果，笑得瞇起眼睛。他彷彿看見陽光下被釣起來的鱒魚，鱗片閃動的痛苦和美麗。就在此刻，他終於理解了那樣的痛苦與美麗。這就是多年以前，碎成粉屑的夢想，夢想中令他憧憬幸福的女人。

女人依然美麗，歲月並沒有磨損她，看來，痛苦一直都只屬於他的。如果不是因爲他太累，如果不是因爲天太熱，他一定會拔腿就跑。然而，他卻鎮靜地坐著，等候她爲他尋找一個合適的房子，她手上有好多筆資料，他一筆一筆的挑剔、搖頭，連他自己也不明白，彷佛成心找她麻煩似的。忙碌一陣子之後，她闔上資料夾，看著他：

「明天你再來，我一定找到合適的。」還要不要再見面呢？這樣的重逢到底有什麼意義呢？他們曾經那樣相愛，卻因爲誤會而分手，他一直想挽回，知道她喜歡仿古鳥籠，特別去古董街找到一個，花去所有的積蓄買給她，送到她借住的姊姊家裏，鳥籠中並沒有鳥，而是一封情眞意切的信，請求她回到身邊，因爲他是如此深愛著她。她沒有答覆，飛去了加拿大，與所有人斷了訊息，或許，這就是她的答覆了。他於是申請學校，去了美國深造，接著結婚成家。這世界就是這樣，沒有了誰都還是一樣的運轉著。

她揭開窗簾，他看見遼闊的海景，這樣的高樓與窗景，這樣典雅溫暖的佈置，他不能再挑剔。事實上，這一切令他有一種似曾相識之感，沙發與地毯的色澤，餐桌擺放的位置，好像是他曾經住過的地方。「屋主正好秋天要離開兩個月，什麼傢俱都齊全，你如果喜歡就住下吧。」茶几上的百合花新鮮的吐納著，整個空間都是清香味。「竟然有這麼好的事？」他未置可否的在房裏走著，聽中的音響櫃子裏有他最喜歡的莫札特CD，還有他以前總抱怨買不起的《國家地理雜誌》，他推開半掩的房門，在臥室的窗前，看見那只掛著的仿古鳥籠，如今攀爬著柔軟的綠色植物。

「這是我的房子，三年前買下來的。按照我們當年想像過的樣子佈置成的。」女人緩緩說著，爲他和自己倒一杯咖啡，在沙發上坐下。

「爲什麼……」他有些恨自己，如此的辭不達意。

「那可能是我一生中最理想的生活狀態了，當年，和你在一起的時候。」她全然可以瞭解他那些想說而又說不出口的。

她告訴他，她在最絕望的情況下去了加拿大，姊姊與姊夫當時正在鬧彆扭，並沒有將鳥籠給她。等她三年後回來才看見那封信，卻已經失去他的消息。她悲哀的以爲再也看不見他了，於是她將自己的房

子裝潢成他們喜歡的樣子，想像著他其實是與她在一起的。暮色輕輕掩進來的時候，她微笑地看著他：「就像現在這個樣子。」

秋天，當他搬進來的時候，她並沒有像他盼望的在這裏等他，她留了一封信，告訴他自己去了加拿大，他可以安心住滿兩個月。「我想過要與你在一起，不管得付出多少代價。可是，我後來想想，就算有我們夢想的小屋與情愛，但，錯過的都不會再回來了。我們已經不是當年的你和我了，不再是了。」

她把信留在鳥籠裏，他伸手取出來，在似隱若現的百合香氣裏展讀，同時，清清楚楚地意識到，這一生她都不會再與他相見了。

無可奈何花落去，似曾相識燕歸來。

浣溪沙

北宋 晏殊

一曲新詞酒一杯，去年天氣舊亭台，
夕陽西下幾時迴。
無可奈何花落去，似曾相識燕歸來，
小園香徑獨徘徊。

詞場曼話

晏殊（西元991～1055年）七歲便能爲文，以神童身分被推薦給宋眞宗，與千餘名進士一同參加考試，小晏殊毫不畏怯疑懼，援筆立成。皇帝大爲賞識，賜同進士出身，後來官至宰相。他的文采贍麗，閑雅有情思，爲北宋初期重要詞家。晏殊爲官時期，有一次途經揚州前往杭州，在大明寺裏落腳歇息。當時寺中粉壁設有詩板，以供文人吟詩遣興，晏殊發現了江都縣尉王琪的詩作，精妙可人，便召來共餐，並對他說：「我習慣將想出來的句子寫在牆壁上，但，有些句子已經想了好久，都想不出好的對句，像是『無可奈何花落去』這句就是。」王琪隨口應答道：「似曾相識燕歸來。」晏殊聽了大爲歡喜，他後來塡了這闋〈浣溪沙〉，用了這兩句，又在詩作〈示張寺丞王校勘〉中再用一次，眞是欲罷不能。王琪也因此被請進晏殊幕府，得以封官晉爵，成爲一段佳話。

晏殊一生可謂榮貴平順，並未經歷太多坎坷波折，他的詞作便表現出悠遊從容的雍雅風度。聽一首新譜成的歌曲，飲一盅濃醇的好酒，在這樣的美好生活中，卻引起了對於往事的懷念，就是在去年的這個時節，同樣的不熱不冷的暮春天氣，連眼前的亭台樓閣都是一樣的，但，確實有什麼是不一樣的了。就像那夕陽沉落之後，到哪裏去了呢？想要找回去年的夕陽，根本是不可能的啊。花的凋零、春的消逝、時光的無聲流離，都是不能抗拒的自然法則。然而，那翩翩飛來的燕子，卻像是舊時相識的啊，只不過，也就是彷彿相識罷了。小園落英繽紛的花道上，行走時猶能揚起的香

氣裏，孤單的一個人徘徊著，懷想著那一切已經失去與註定要失去的美好時光。

「無可奈何花落去，似曾相識燕歸來」，這不僅是對仗工整而優美的兩句詞，也是人生道途中常會遇見的風景。我們總免不了要爲那些已經遠去的幸福感到惆悵，卻又不是徹底的失望，因爲那些熟悉的美好感覺偶爾仍會回來，敲醒我們的喜悅與期待。只是，這樣的安慰中又有著另一種悵惘，即使是似曾相識，卻再也不是當日的情境了。有些人低下頭看見了花落去，有些人抬起頭望見了燕歸來，詞人在香徑上獨步徘徊，思索的不也就是一種面對生活的態度嗎？你的選擇會是什麼呢？

時光詞場

第二片

壯年聽雨客舟中，江闊雲低斷雁叫西風。

欲買桂花同載酒，
終不似，少年遊。

亮川喜歡在月光很好的晚上，
越過木橋到他簡陋的租屋來聊天，
每次亮川來的時候
都要穿越一片小小的桂花林，
帶著幽幽的桂花香。

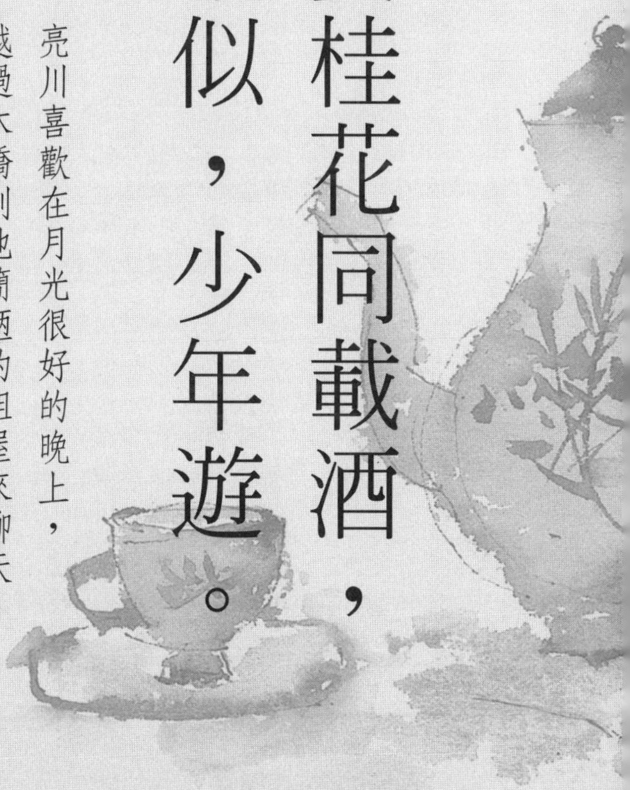

他從秘書手中接過電話，才忽然想起差點錯過的落成啓用典禮，從第一次被邀請，他就認爲自己絕不可能會忘記的，但，他還是忘了。「我的母校新建完成的游泳池，今天啓用，我捐了點錢，他們希望我能回去看看。」他從會議中離開，一邊囑咐司機到前門等候。忙碌，眞是個可怕的東西，它令人忽略掉一切與工作無關的東西，並且覺得那些事物一點也不重要。他常常保持著自覺，卻也不能避免被忙碌所驅迫。還記得那幾個女學生坐在他辦公室裏的侷促不安，她們是游泳校隊，連續兩年獲得校際比賽第二名，一直盼望校內游泳池的興建，偏偏碰到財務緊縮的問題，也不知是誰給了她們訊息，她們找上了他。

「聽說學長以前也是游泳健將，還救過人呢。所以，我們希望學長能幫助我們，把游泳池蓋好，說不定明年就能拿第一。」說話的短髮女生，眼睛閃閃發著光亮，有一種他熟悉的，無畏的熱情。

他常常捐獻許多公益活動，妻子也常參加義賣會，但，他沒想過要爲母校做些什麼，事實上這些年來，他幾乎從不去回想大學生涯。他將這件事擱下來，不置可否，其實是想要不了了之。女生不斷寫信來，娓娓敘述著她們練習的狀況，邀請他回來給她們指導，他每次都不想拆信，卻還是忍不住讀完。半年後，他同意游泳池興建工程剩餘款項的全部捐助。

車子駛離市區，往草木蓊鬱的方向前行，一個轉彎，他看見那條溪。曾經，溪水湯湯，靠近的時候便能聽見湍急的奔流聲。風和日麗的溪水明媚，沙岸上的蘆葦搖搖，鷺鷥飛起來便是一首詩。每次一下雨，從山上傾洩而下的洪水，迅疾將溪變成怒河，很快地淹沒兩岸草澤。

「過癮！跳下去淌它一場才叫游泳。」他靠在岸邊看著溪水喝采。

「怎麼不跳啊？」一個並不認識的同學揶揄地。

他瞄了一眼，中等身材，黝黑膚色，就是其他人常提起的那個原住民同學，也是個游泳高手，好像叫做亮川。

他沒搭腔，轉身走開，你叫我跳我就跳，太便宜你了吧。

幾個月後，他正好路過溪邊，溪水猛漲，一對垂釣父子被困在沙洲上，父親被救上岸，兒子卻沖走了。岸邊有個人影倏地躍下去，翻騰兩下，抓住孩子的手，兩人卻離岸邊愈來愈遠。他猛吸一口氣便跳下去，使盡渾身氣力與怒河搏抗，這才知道不是過癮而是玩命。好不容易三個人都上了岸，連電視台記者也來訪問了，這可是那整個禮拜的大新聞，連素來對他不睬不理的校花也捎來了對他的欽佩之意。他包裹著毛巾，

被同學圍起來灌酒驅寒的時候，才看清楚比他先跳下水的就是亮川。「原來是你。」他把酒瓶遞過去。

「怎麼沒叫你跳，你倒跳了？」亮川似笑非笑地。

他抖著肩膀笑起來，亮川也笑，笑容特別樸摯。他們變成好友，雖然他病了半個月，亮川卻像個沒事人。後來他才知道，在山裏長大的亮川，從小就學會與山洪搏鬥，這已經是他第八次在水中救人了。「喝！你是九命怪貓啊！」他調侃亮川，並沒有料到這句話竟然一語成讖。

亮川喜歡在月光很好的晚上，越過木橋到他簡陋的租屋來聊天，每次亮川來的時候都要穿越一片小小的桂花林，帶著幽幽的桂花香。他們當時的夢想是找一票志同道合的組成游泳校隊，學校沒有泳池就在溪裏練習。學校以安全理由駁回他們的申請，那年秋天，颱風襲捲全島，山洪沖斷木橋，他和幾個室友被困在租屋中，絕糧兩天。他想過要游到對岸求救，試了幾次終於放棄了。第三天早晨，亮川背了泡麵和飲水泅在洪流中，他大聲喊叫，企圖阻止亮川，亮川總也不肯放棄，卻始終沒有上岸。

學校裏蓋起許多建築，溪邊也圍起欄柵，再不是他記憶中的景象了。游泳校隊排成兩列，很隆重地迎他入場，泳池中蓄滿淺藍色的水，漾漾地，他遙遠的夢想。校隊將他們剛剛贏得的冠軍獎牌套在他頸上，短髮女生用桂花編成一束，獻給他，說是學校後山採的。他平靜地接受著學生的感謝與祝福，就像一個事業有成的中年男人該有的風度。學生遞上剪刀，他剪斷紅緞帶，扯下游泳池的命名紅幛，然後，他看見拓印在那兒的幾個字，「亮川游泳池」。他的心緒忽然爆發如山洪，難抑悲傷，熱淚盈眶，宛如颱風雨中失去好友的那個哀慟青年。

離開的時候，他堅持獨自走過溪畔，一隻白鷺鷥低飛盤旋，他倚著欄杆，取下胸前的獎牌與手中的花束一起投入清淺水流，像完成了一場懸宕多年的盟約，他的腳步忽然顯得輕快了。

唐多令

南宋 劉過

蘆葉滿汀洲，寒沙帶淺流。二十年重過南樓。
柳下繫船猶未穩，能幾日，又中秋。
黃鶴斷磯頭，故人曾到否？舊江山渾是新愁。
欲買桂花同載酒，終不似，少年遊。

詞場曼話

劉過（西元1154～1206年）是一位愛國文人，他在偏安的南宋朝廷主張積極抗金，這樣的觀點不被在上位者認同，因此科舉考試出師不利，一再落榜。滿懷現世失落的情緒，加上國仇家恨難消，使他的詞中充滿抑鬱的感傷情調。除了沉著豪壯的風格，他也有些婉約柔情的小令，多是應歌妓之邀而作的，如〈醉太平〉的「思君憶君，魂牽夢縈。翠綃香煖雲屏，更那堪酒醒。」帶著五代旖旎風光與纏綿情愛。

他還填過一闋〈西江月〉爲韓侂胄祝壽，當時侂胄主事，力倡伐金，爲劉過與一般知識份子帶來新願景。「今日樓臺鼎鼐，明年帶礪山河。大家齊唱大風歌，不日四方來賀」，可以見出他

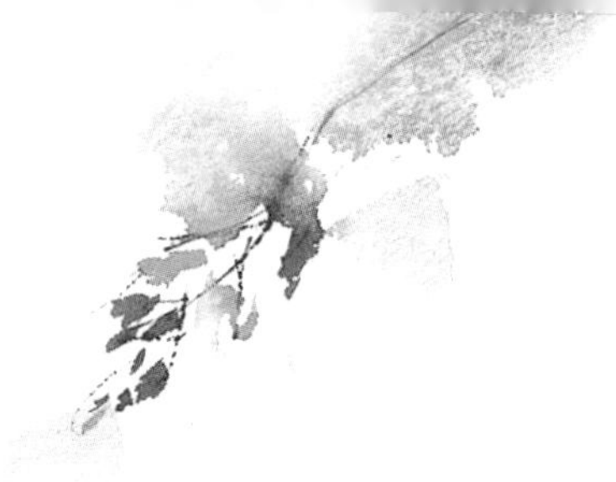

是何等盼望著勝利凱旋歌。然而，一次又一次的希望落空了，青春壯志銷磨了，回首往日，徒然興起莫可奈何的惆悵情緒，於是，有了這闋〈唐多令〉。

在這沙洲岸邊，一層層飄盪著蘆花蘆草，深秋裏沙地顯得清冷，流水也變得清淺了。轉眼已過二十載，如今重到武昌黃鶴山上的安遠樓，面對的卻是這樣淒蕪的景象。將行船停泊在柳樹下尚未停穩，過不了幾天就又到中秋了，人生飄流際遇也是如此。黃鶴山到此而斷，只是剩水殘山，卻不知故人好友這些年來，可曾重遊？假若重遊，恐怕也會同樣對這舊有山河產生綿綿愁緒吧。很想振奮起來，鼓動歡欣的情緒，買叢暗香浮動的桂花，載著滿甕美酒，尋歡作樂。然而，面對著舊日景色，不得不慨嘆，無論如何都不能像年少的輕狂與歡樂了。

「欲買桂花同載酒，終

不似，少年遊」，短短三句，有情有景有慨嘆，烘托出一種人生意境。這意境是很中年的心情，年少時候雖有豪情，有高昂的遊興，卻不見得能夠隨心所欲。等到年紀大了，各方面條件都好了，有花有酒有閒暇，於是舊地重遊。可是，等到這時候才赫然發現，再喚不回的是年少的熱情與淋漓盡致。人生的情味大不相同，中年人成熟了，更懂得咀嚼生命的細緻，也更明白了那曾經擁有卻一去不回的珍貴記憶。

時光詞場

第二片

壯年聽雨客舟中，江闊雲低斷雁叫西風。

欲說還休，
卻道天涼好個秋。

當他的高音拔起，
微微顫顫，
將聽眾的心臟都揪起來，
溫柔的低音便是鬆弛的安慰，
人們發自內心的感覺愉悅了。

她在捷運月台上等車，首先看見一個捧著花的男人走來，在這陰濕的天候裏，那些明亮的紅玫瑰特別醒目。男人愈走愈近，她看著男人的面容，忽然心頭一緊，難道眞是他……男人也看見了她，臉上立即出現難以置信的神色。

「嗨！是你！好久不見。」兩人異口同聲的寒喧著。

只有一秒鐘，她的心中便充滿悔恨，早知道應該先去洗頭的，她的髮量少，到了該洗的時候總顯得特別塌扁。還有啊，今天不該穿絲襪的，走過潮濕的馬路，絲襪上的水痕很明顯。她將手上提的安親班黃色書包藏到身後去，她正要去接兒子放學，再將他送去學心算。她審視著他從容的上班族裝扮，許多年不見，他並不顯老，只是成熟許多。

「搭捷運啊？」他這句話問得多沒必要，難道是來搶捷運嗎？

「是啊，我可是捷運族呢。」她很親切地：「你也常搭捷運嗎？」

「不是的，是因爲下雨，路上塞得很厲害，我要送花去，所以，就搭捷運了。」

她當然知道他並不是花店的送花員，前些年她便聽說過，他的事業做得很成功。那麼，他親自送去的花，必然是送給一個心愛的女子的，她昇起一種朦朧而微妙的妒意。

「好漂亮的玫瑰。」她說。

他微微笑了，說出一句：「這是我買的。」

呼囉呼囉，捷運進站了，捲起一陣風，這風吹得她暈眩，瞬息間，那些前塵往事爭先恐後的回來了。

她曾經是那樣的驕傲，爲什麼竟會應允了他的追求呢？很多同學都不能瞭解，其實，都是因爲那場迎新晚會。她擔任司儀，穿著母親帶她去訂做的小禮服和高跟鞋，花了不少錢捲出的法國小捲盤在頭上，好友們都說，再加上皇冠一頂就成公主了。那一夜，她眞是出盡

風頭，連平日裏不苟言笑的老教授，都盯著她不放。然而，一身素樸衣衫的他走上台來，攜一支笛子，吹奏了幾首曲子。燈光集中在他身上，她的眼光集中在他的側臉，他看起來如此陶醉，旁若無人，輕輕闔上眼，時而蹙眉哀愁，時而舒眉微笑。悠揚動人的音符攫住所有人，台下靜寂無聲，當他的高音拔起，微微顫顫，將聽眾的心臟都揪起來，溫柔的低音便是鬆弛的安慰，人們發自內心的感覺愉悅了。掌聲響起，他彎身答謝，將笛子橫抱胸前，像一個巨星。她覺得他是如此高貴尊嚴，幾乎令她自慚形穢了。

然後，他們相戀了。當他第一次親吻她時，她幾乎要窒息，她夢想著、渴望著他的唇，那能夠令天地共鳴的唇，已經好久好久了。比起她的急切，他的態度遲緩得多，就像他一再表示的，他的經濟條件很差，並不能符合她的期望。她固執地：「我要的是你這個人，誰管你有錢沒錢！」他總是苦笑著，不再與她討論。每次到了放假時，他們便有些爭執，她要他陪著出去玩，他卻總有事。「你到底忙什麼？那些事比我還重要？」他被逼不過，便對她說：「是樂團要練習，我不能不去的。」她放他去，很不開心的。到了晚上，他便來找她，總帶著一枝花，有時候是百合，有時候是白玫瑰，有時候是一束滿天星，哄得她笑開了，卻仍有些抱怨：「老是這些拜拜的花，不能送人家紅玫瑰啊？」他靦腆或是爲難地笑著。她幻想著，現在的他雖然並沒什麼成就，將來有一天，他會成功的，變成世界有名的演奏家，帶著她環遊世界。沉浸在自己的想像中，她有時要求他帶她去樂團參觀，他總不肯，說是她不會喜歡那個地方，又說她會覺得很無聊。

「算了算了，我才懶得去呢。」她雖是這麼說了，卻有自己的主意。她跟蹤他去樂團，興味盎然地，提著一個生日蛋糕，連他自己都忘了，這天是他的生日。她也許可以要求樂團的團員們爲他演奏一首「生日快樂」，他該有多麼驚喜啊。她看著他下公車，一轉身走進一座中國式建築物，不會的，怎麼會呢？她看著他走進殯儀館，走進別人的告別式，坐在靈柩的旁邊，穿一身月白的衫子，吹奏起來。旁邊還有彈琵琶、拉二胡的，原來，這就是他的樂團。她坐在後面的座位，眼睜睜地參加了自己愛情的告別式。離開的時候，她撞倒一個花籃，看著散滾一地的滿天星與白玫瑰，終於知道那些花朵的來歷了。

不管他怎麼努力挽回，她只有冷冷一句：「我去了你的『樂團』了。」他不再說什麼，就這樣走出她的生活。

多年後的邂逅，他對她說「這些玫瑰是買的」，她能說什麼呢？她在現實的生活裏，有一個從不送花的丈夫，她後來常常懷念起的，正是那些百合。他們一起登上捷運，有一搭沒一搭的聊著，她不讓自己去想如果當年沒有分開會怎樣，甚至沒問他是否還吹笛子？他先下車，她叮嚀著：「秋天到了，多保重。」「妳也一樣。」他說。

捷運開動了，她看見車窗外他的身影，那曾經熟悉，此刻卻又無比遙遠的側臉。

醜奴兒

宋 辛棄疾

少年不識愁滋味，愛上層樓。
愛上層樓，為賦新詞強說愁。
而今識盡愁滋味，欲說還休。
欲說還休，卻道天涼好個秋。

詞場曼話

辛棄疾（西元1140～1207年），生於北宋末年，經歷靖康之難，二十一歲時投入農民抗金起義軍耿京麾下，爲他掌書記。棄疾二十三歲時，奉耿京之命朝見南宋高宗，而其部將張安國被金人收買，將耿京陰謀殺害，解散起義軍，並劫持一部分降金，被派爲濟州知州。棄疾從南方歸來，聞聽消息，隨即組織五十名忠義軍士直奔濟州，於五萬人中活捉張安國，綁縛馬上。當場號召上萬士兵往南方急馳，不飲不食，不眠不休，直到渡過淮水。高宗頗爲讚嘆，封棄疾官職，卻解散了那些胸懷壯志的起義軍，讓他們各自耕種。儘管棄疾三十歲時便發下豪語「以氣節自負，以功業自許」，卻從那時便已知道，收復失土的希望註定要落空了。他傳奇的一生，除了氣節與功名，除了鬱鬱不得志，還有許多膾炙人口的詞章，是繼蘇東坡之後最重要的豪放派詞人。氣魄極雄大，豪邁中更見精緻，被稱爲詞中之龍。

這闋〈醜奴兒〉是許多不識辛棄疾的人，也能朗朗上口的名作，將人生的滋味說得如此精確，而又如此通明。年少時候的我們，總是喜歡攀到更高的地方。攀到更高的樓層去，只是爲了作詩填詞時的情調，那時雖沒經歷過人生，卻總要將愁啊恨啊這樣的詞彙掛在嘴邊，彷彿生命也就添加了深度。等到經歷了歲月，明白了人生的悲喜與無奈，許多話想說卻又不必說了。那些想說而又不需要說出來的，正是大家都瞭然於心的吧，於是，只淡淡地說著，這樣的涼風與氣候，眞是怡人的秋天啊。

「欲說還休，卻道天涼好個秋」，是典型的中年心

情了。並不是無話可說，也不是沒有感受，而是那些經歷與體會，都變成自己的珍藏。過去的惆悵或者失望，痛苦或者飄泊，不就是人生的常態嗎？何必還要絮絮叨叨呢？過得去的，都已經過去了，人生行到此處，有了更多包容，也有了更多勇氣。於是，將眼光望向自然，這始終不改變的四季流轉，正是不可忽略的好時光啊。

時光詞場

第二片

壯年聽雨客舟中，江闊雲低斷雁叫西風。

細看諸處好，
人人道：柳腰身。

她憋了一肚子冤枉氣，
藉故和情人吵起來，
她説她恨現在的生活，
恨沒人喜歡她，
卻只是喜歡她的頭髮。

她和丈夫坐在靠窗的餐廳吃午飯，忽然聽見周圍的喧嘩聲，連侍者也騷動起來，嘩！拍廣告啊，看，那不是莫小味嗎？她從凱撒沙拉的新鮮翠綠中抬頭望向窗外，果然，一群扛著器材的工作人員，簇擁著當紅女星莫小味正越街而來，莫小味先前已經拍過好幾部洗髮精廣告，鏡頭前一次次將傲人的黑亮捲髮吹得老高，她因此留下深刻印象。

「喂！」她推推對面的丈夫：「莫小味哪，喂！你看啊！」

丈夫轉向窗，覷著眼睛，也不知道看沒看清，低下頭繼續切割盤中的帶血牛排：「怎麼這麼瘦？」口中嘟囔著，也不知道抱怨的是牛排還是莫小味。

她沒那麼好胃口，索性停下來，望著那些人將攝影機架起來，燈光就定位，反光板撐好，化妝師爲莫小味補好妝之後，在她的捲髮上噴上厚厚一層亮漆似的東西，莫小味的頭髮在陽光下奇異地閃耀起來。她看著，有些不可思議的驚詫，原來現在已經可以進步到這種地步了。當年，在她那個時代，可是要貨真價實的。

從小她就是個醜小鴨，家族裏的嬸嬸們常常開玩笑似的取笑她：「將來要出嫁的時候，恐怕得把所有家產拿來當嫁妝哦。」她並不覺得這有什麼好笑。同學們要對她表示友善，也會脫口而出：「妳的背影真的很引人遐思哦，尤其是那一頭長髮……」她並不覺得這算是一種稱讚。直到二十歲那年，她在電影街排隊買票時，遇見一位廣告導演，邀請她拍洗髮精廣告。她簡直快樂到要暈倒了，是她嗎？是她嗎？竟然會是她啊。她來不及問片酬，也不在乎工作天數，好幾天睡不著覺，打電話給南部的母親叫她趕快上來。那一天，一票同學和懷抱著星媽夢想的母親，陪著她一同去到片場，到了才發現，他們需要的只有她的背面，只有頭髮的特寫，她只是個出借頭髮的模特兒。

她不記得自己是怎麼拍完的，回到家裏與母親抱頭痛哭。哭自己竟然妄想醜小鴨可以變成天鵝，她把自己鎖在房裏哭了好幾天，最後決定去剪掉頭髮，剪得愈短愈好。

她一衝出門就與房東當兵的兒子撞個滿懷，這男人給她的印象是粗枝大葉，胃口奇佳。房東兒子先問她怎麼了，又問她要去哪裏，她自暴自棄的說了要去剪頭髮的事。那男人很眞摯的勸她：「不要吧。我聽人說，頭髮這麼漂亮的人，命都很好的。而且，妳很適合長頭髮嘛，就像是，就像是一個漂亮的人，穿著一件漂亮的衣裳，很好看的。」頭髮就像一件衣裳？她有一件上天賜予的美麗衣裳？她從沒聽過這樣的說法。於是，她留住自己的長髮，也爲那男人打開房門，只要他一放假，就鑽進她房裏。那年夏天，因爲上一支廣告效果很好，她繼續不斷的拍下去，把廣告費當作零用錢，收入倒也不錯。

有時候她覺得自己實在沒有什麼可以抱怨的了，她的情人比她還疼惜她的長髮，她洗頭其實很草率，情人要求替她洗，把白色泡沫高高堆起來像奶油蛋糕。她梳頭時一向沒什麼耐心，梳齒粗魯地撕裂著髮絲，有些自暴自棄的意味，情人用手指一遍遍替她梳通髮絲，類似按摩的呵護中，她常常就瞌睡了。她沒想過以後會不會與他共度一生，甚至不能分辨自己愛不愛他？「因爲他很愛我的頭髮啊。」和朋友提起來的時候，她自我解嘲地詮釋他們的關係，反正全世界都知道她有著美麗的好頭髮。

有家雜誌安排了她的訪問，訪問這個借髮模特兒，還拍了許多她的相片，出刊之前，廣告公司通知雜誌社撤下她的照片，因爲她現在出借頭髮給一位當紅女星，女星不想讓別人知道頭髮原來屬於另一個平凡的女人。

她憋了一肚子冤枉氣，藉故和情人吵起來，她說她恨現在的生活，恨沒人喜歡她，卻只是喜歡她的頭髮。「我並不稀罕妳的頭髮！」情人突然迸出這一句，也是氣急敗壞的。她哭著奪門而出，覺得異常絕望，他並不稀罕她，連她最美好的部分也不稀罕。

她在黑夜的城市裏遊蕩，走到腳腫了才不得不停下來，恰好停在一家高級俱樂部門口。她聽見爭吵聲，看見那個自覺很不平凡的女星與導演男友的爭執，他們激烈爭吵，當女星要上車的時候，頭髮被那男人猛力扯住，整個人向後傾倒。她在一旁看得驚心動魄，掩住嘴，也噤下驚叫聲。那是個身價很高，備受愛寵的美麗女人啊，卻只換得這男人如此對待。

她才走進巷子，等在夜裏的情人就迎上來，將她抱個滿懷：「我不是這個意思，我是想要告訴妳，我喜歡的從來就不是妳的頭髮，是妳這個人，是妳的全部。妳明白不明白？」情人焦急的，語無倫次地。她攬住情人的頸子，像個小女孩似的哭起來，彷彿迷了好久的路，終於找回了家。

情人後來成了丈夫，她始終記得丈夫曾對她說，她的頭髮這樣好，一定是個好命的女人，後來她才明白，因爲他的愛，她果然成爲一個好命的女人。她看著窗外的莫小味，正在鏡頭前甩動像黑瀑又像藍寶石的長髮，她眞摯地祝福這個年輕女人，將來也能遇到一個眞正懂得愛的男人。

醉垂鞭

北宋 張先

雙蝶繡羅裙。東池宴，初相見。
朱粉不深勻，閒花淡淡春。
細看諸處好，人人道：柳腰身。
昨日亂山昏，來時衣上雲。

詞場曼話

張先（西元990～1078年），是一位長壽詞人，一生疏放浪漫，年少時與小尼姑偷偷約會，到了老年仍風韻未已，迎娶一妾，愛寵異常。他與晏殊、歐陽修、蘇軾、王安石等人常有交往，相互欣賞。東坡還曾因他老而不減風流，贈他一詩，有「詩人老去鶯鶯在，公子歸來燕燕忙」這樣的句子。他的詞作中，常可見到鋪寫都市生活中的繁華景象，以及男女感情生活。他的「三影」也是最著名的代表作，即「雲破月來花弄影」〈天仙子〉；「柳徑無人，墜輕絮無影」〈舟中聞雙琵琶〉；「嬌柔懶起，簾幙捲花影」〈歸朝歡〉，張先甚至自稱爲「張三影」。張先豔詞中的女主角，有許多都是倚門賣笑的妓女，像〈醉垂鞭〉這闋詞便是酒筵中贈妓之作。

在東邊池亭上初次相見，直接映入眼簾的就是羅裙上的彩蝶，斑斕美麗，栩栩如生，彷彿即將雙雙飛去。胭脂水粉清清淡淡勻在臉上，反而顯出恬淨的嬌容；在許多爭奇鬥豔的妝扮中，更突出那宛如出水芙蓉的淺淺春意。人人都說這女子最引人注目的是柔軟纖細的腰肢，懂得欣賞的人卻覺得她由裏到外充滿動人之處。昨日女子款款走來，竟令人產生錯覺，就像是一朵皎潔的白雲，從昏暗的亂山中飄來，如此優美空靈。

「細看諸處好，人人道：柳腰身」，這兩種審美觀，深刻或淺略，正好見出情深與情淺的差別。每個人都有略勝於人的地方，是最容易被看見的優點，當然也是最討人喜歡的。然而，真心誠意的相愛相處，會使那些最優異的部分逐漸變得不重要，許多內在的隱蔽不彰的部分，反而成爲最難割捨的部分。當你與人相愛的時候，到底希望他（她）愛上的是你最醒目的那一點？或是你眞實的全部？

時光詞場

第二片

壯年聽雨客舟中，江闊雲低斷雁叫西風。

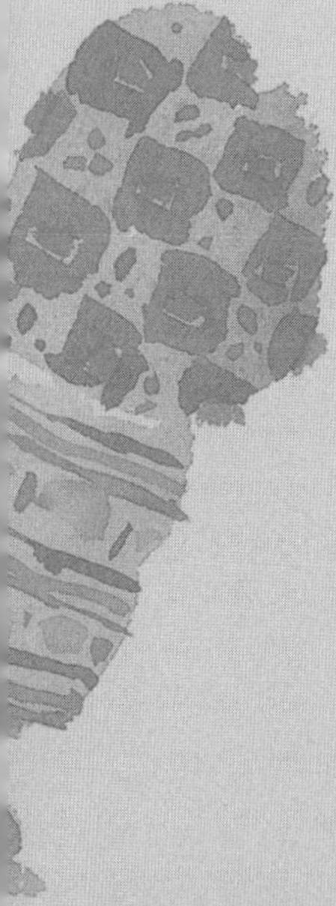

舊時天氣舊時衣，只有情懷，不似舊家時。

碧兒正坐在窗邊的搖椅上，
頭上繫著織花頭巾，
身上穿著一件碎花長裙洋裝，
非常非常瘦，
像個未發育的少女。

在香港工作那一年，我在高樓上接到多年好友的電話，她可能是用手機打來的，打電話的她或許正開著車奔馳在高速公路上，訊息斷斷續續地。她說剛剛送一位客戶去機場，又說景氣不好，什麼事都得親力親爲，接著問我好不好？怎麼會在家裏？我笑起來對她說：「我可不像妳事業那麼大，總要休息的嘛！」然後，她提起了我們的另一位好友碧兒，問我最近有沒有同她連絡？在我赴港之前，碧兒完成乳房切除的手術，聽說手術很成功，去看她的時候，她正在床上和小兒子玩拼圖。聽說我都準備好，就要遠赴異鄉工作了，她的臉上有擔憂的神色，擔憂我一個人會不會害怕？語言不通怎麼辦？連房子都沒找好，會不會露宿街頭？「拜託啦，我都這麼大把年紀了，妳還擔心，怕不怕我待會兒出門就迷路啦？」只因爲相遇時我們都還年少，只因爲我比她小兩歲，她總替我操許多心。

但我總覺得她爲人想的太多，替自己想的太少。比方這次的手術

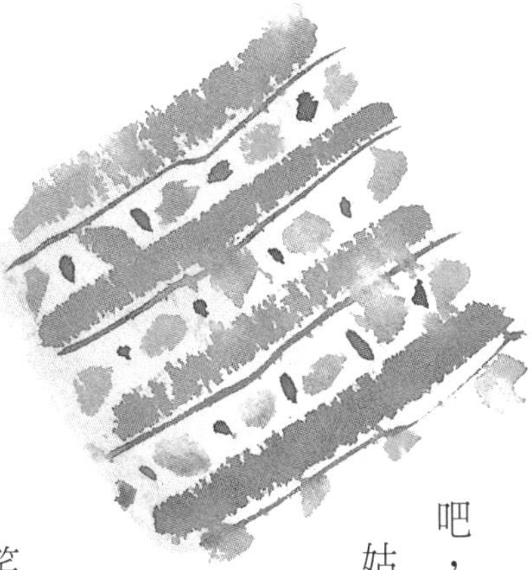

吧，她感覺不舒服已經好一陣子了，先是幫著婆婆張羅小姑出嫁的事，抽不出空；接著是要等到大女兒考完聯考，不願影響軍心，就這麼耽誤下來，弄到非得割除不可。「可能就是我以前太不注意自己的身體，身體生氣了，就跟我鬧鬧脾氣，希望我可以注意它。我現在跟它講和了，以後可不敢忽略它了。」她說著一邊笑，像同一個寵愛的孩子講話。

「有空回來看看碧兒吧……」電話裏的聲音嘎然而止，斷線了。

我的心狠狠一抽，有種很不好的預感，碧兒的身體並沒有同她講和嗎？我企圖撥電話給高速公路上的友人，試了好多次都不成，想到她也曾不止一次抱怨，我怎麼那麼難找？想到當年在學校，一通電話就能集合完畢，去吃冰或者看電影，去逛地攤或者坐在河堤上發獃吹風。如今，我們都變成好忙碌的人了。我在窗台上坐下，看著秋日明

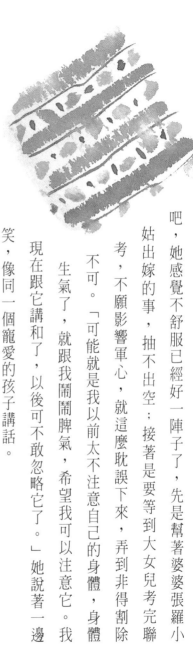

麗陽光照射在寧靜的園圃中，花園裏的噴水池此起彼落，晶晶亮亮的水柱想衝到最高，可是隨即失速墜落了。

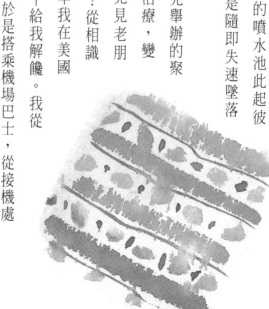

我要回台灣，參加幾個朋友爲碧兒舉辦的聚會。她們告訴我，碧兒已經不再接受治療，變了許多，她的狀況並不樂觀，很想見見老朋友。我無法想像碧兒能變成什麼樣子？從相識以來，她就是這樣的樂觀溫暖，有一年我在美國過生日，她竟然寄了一大包士林辣豆干給我解饞。我從課堂上直奔機場，因爲攔不到計程車，於是搭乘機場巴士，從接機處下車再上到登機處。下車時，我看見碧兒的丈夫，提著簡單行李走出來，雖然有一段距離，但我確實認得出他來。他與碧兒伉儷情深，常常我們聚會之後，他都會來接碧兒回家。我正想著衝過去與他打招呼，卻看見一個苗條時髦的年輕女人攬住他的腰，他們相互擁抱，他親吻了那個女人，滿面春風的吻了那女人。

我遲到了，聚會舉行的地點在山上的好友溫泉別墅裏，我穿越小小的庭院，聽著房內她們的歡笑聲此起彼落，獃獃地站著，連推門的氣力也沒有。好友發現我，一邊領我進門一邊看著我臉色：「喂！妳開心點好不好，早知道就不找妳了。」我知道我的臉色很差，我知道我表現不好，但，我只想見到碧兒。我看見她了，碧兒正坐在窗邊的搖椅上，頭上繫著織花頭巾，身上穿著一件碎花長裙洋裝，非常非常瘦，像個未發育的少女。看見我她站起身子，對我甜甜地笑：「記不記得這件衣服，眞奇妙，我又可以穿了。」是的，我記得，這是畢業舞會時，我陪著她到博愛路挑的花布，然後，我的母親替她裁製了這件洋裝。她很重視那次舞會，因爲她邀請了學長擔任舞伴，她那時已經悄悄喜歡學長好久了，學長後來成了她的丈夫。我抱住她的時候，還是忍不住震驚了，她的塌瘦超出我的想像。爲了怕她感覺到我顫慄，我輕輕推開她，扶著她坐下。

「妳們誰還能穿二十年前的衣裳啊？」她坐在那兒，少年的身體，中年的容貌。我把眼睛轉開，對其他人笑著，藉以掩飾自己的慌亂。

「我能穿去年的衣裳就很滿意了。」我的好友在一旁打趣。

「謝謝妳趕回來。」臨別時，她握住我的雙手：「我覺得自己眞的好幸福，先生疼我，兒女愛我，還有妳們這些好朋友……」巨大的秘密憋在胸中，不斷加強的疼痛，使我流出眼淚，我的淚流不止，抿緊嘴唇，成爲無聲的哽咽。

「不要哭，怕的時候就想想我。」她擁住我，輕輕地說。

我的淚無聲地流在她的衣裳上，二十年前的花布洋裝，我們在布店裏發現的，我們年輕的手，輕輕撫過那些平整典雅的花樣，讚嘆著，好漂亮啊。如今，她穿著這件舊衣裳，面對著死神與生命，讚嘆著，好漂亮啊。

南歌子

宋 李清照

天上星河轉，人間簾幕垂。
涼生枕簟淚痕滋，起解羅衣，聊問夜何其？
翠貼蓮蓬小，金銷藕葉稀。
舊時天氣舊時衣，只有情懷，不似舊家時。

舊時天氣舊時衣，只有情懷，不似舊家時。

詞場曼話

李清照（西元1084～1144年），是北宋到南宋之間，最著名的女詞人，也可稱爲中國古典文學史上地位最崇高的才女作家。清照的父親是禮部員外郎，母親是狀元的孫女兒，頗識詩書，她就在這樣充滿濃厚藝術氣氛的家庭中成長。二十一歲（有人考據應是十八歲）那年，嫁給趙明誠這位太學生，兩人年齡與興趣相投，情愛甚篤，幸福生活中，清照的填詞生涯獲得極大的空間與極豐富的養份。趙明誠一方面欽佩妻子的才情，一方面也有一較長短的意思，他曾將妻子寄來的詞與自己填就的五十闋詞混在一處，都不具名，請朋友賞鑑，朋友挑出最佳的「莫道不消魂，簾捲西風，人比黃花瘦」〈醉花陰〉三句，正是清照的作品，至此明誠才能心悅誠服。婚後的清照因爲丈夫的尊重與理解，乃能卓然成家，否則，頂多像朱淑貞那樣，徒留一卷《斷腸集》，供後人憑弔而已。

李清照的美滿生活，被靖康之難打斷了，夫妻二人拋棄了歷年來收集的金石書畫，匆匆逃往南方，沒過幾年，趙明誠急病過世，她只得在離亂中四處飄泊著。因此，在她的詞中，可以清楚看見早年的歡樂，如：「怕郎猜道，奴面不如花面好。雲鬢斜簪，徒要教郎比并看」〈減字木蘭花〉；也有中年的黯淡，如「誰憐憔悴更凋零。試燈無意思，踏雪沒心情」〈臨江仙〉；以及晚年的哀苦，如「病起蕭蕭兩鬢華，臥看殘月上窗紗」〈攤破浣溪沙〉。清照以自身的遭遇與時代相結合，以深入淺出的造句和意象，和諧動人的音樂性，造成抒情藝術上的極高成就。

天上的星河隨著時間而

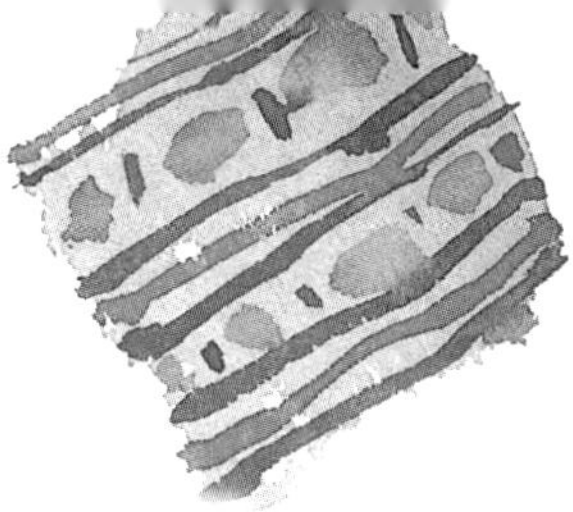

流轉著，人間的簾幕紛紛在夜色中垂下了。竹榻上的淚痕斑斑，增添了寒意，緩緩起身解衣，準備要就寢了。這夜究竟有多深了？到底還要多久才能天明呢？夜來失眠的人，最苦悶的就是不知如何打發這樣的長夜啊。脫下的衣裳上，花色仍如此鮮燦明麗，以翠羽貼成蓮蓬小小的樣子，以金線嵌繡出蓮葉稀疏的紋路。這是舊日在富裕生活中所穿的衣裳，這也是舊日在恩愛中曾經歷過的生活，一切彷彿皆如往昔，只是情懷已變，再不是舊時的無憂無慮了。

「舊時天氣舊時衣，只有情懷，不似舊家時」，往日的青春與甜蜜的回憶，都隨著光陰而消散了，再也不能歸來。穿著舊時衣，特別可以見出一種依戀的情意，這依戀註定是要落空的，於是，滿懷心事的人，唯有輕輕一笑，坦然面對不斷流去的歲月了。

時光詞場

第二片

壯年聽雨客舟中，江闊雲低斷雁叫西風。

馬滑霜濃，不如休去，
直是少人行。

過去的笑是發自內心的，
充滿愉悅的笑，
此刻的笑是世故的，
是一種決定，
決定今生就以這樣的表情來過日子。

他從夢中醒來，依稀可以聽見輕巧的腳步聲，從庭院走過，厚底和式拖鞋，踏著軟軟的，堅定的步子，將院子裏的油燈一盞盞點亮。這是溫泉屋的一個習慣，打烊之後，老板娘與女中們親自在門前送客，然後，泡湯處與餐飲部的燈光熄滅，老板娘便將屋子四周的油燈一一點燃，直到太陽升起。

有時候他忽然很想泡湯，吃點小菜，駕車上來看見熒熒亮著的火光，像許多頑皮的眼睛，眨啊眨的，便知道溫泉屋已經打烊了。但他不甘心離去，索性睡在車上，等著第二天一早泡個第一湯。老板娘親自開門，看見他嚇了一跳：「唉呀，紀桑。怎麼這麼早？」看見他的車上白糊糊的霜霧便明瞭了：「怎麼不叫門哪？」他覺得她的聲音裏，總有著足夠的理解與體貼，這一點令他很安慰。

「人客都走了，幹嘛還點燈？」他在換拖鞋的時候問。

「太安靜了，好像很寂寞的感覺。」她輕言細語的，臉上帶著恬靜的笑意。

是的，她一向是善笑的。許多年前，他才剛剛創業成功，常常由妻子陪著在溫泉鄉的各個浴場泡湯，那時候就注意到這個年輕女孩，她總是孩子氣的笑著，有時候被客人占了便宜還是笑，只是笑中有些促迫尷尬。他的妻子看不得女人受侮，每次都挺身而出，女孩感激的喚他的妻子「寶珠姐」，叫他「紀桑」。她說自己的男友在國外唸書，需要她的接濟，等男友修完學位，他們就要結婚。後來，妻子氣急敗壞告訴他，女孩的男友修完學位，娶了另一個女人，女孩傷心欲絕，隨一個客人去了日本，應該也會嫁了吧。他聽了不免替女孩感傷，感傷之後便也遺忘了。直到多年後一次應酬，去到新開張不久的溫泉餐廳，原木建築加上日式庭園，女中也都是和服髮髻，露出白淨的頸項。大家都說這裏的情調氣氛都很好，就是沒有歇宿的服務，應該向老板娘反應。老板娘微笑著來了，約莫四十歲左右年紀，他一點也沒想到，老板娘對著他深深鞠躬：「紀桑！好久不見。」竟然會是那個善笑的女孩。

只是，過去的笑是發自內心的，充滿愉悅的笑，此刻的笑是世故的，是一種決定，決定今生就以這樣的表情來過日子。過去的女孩如今以女人的姿態出現。她問起寶珠姐，他與妻子已經分居十幾年了，只是還找不到理由離婚，到這時候離不離婚好像也不那麼重要了。他後來成爲這裏的常客，也問起她的故事，她說自己跟著客人去了日本，做了人家的外室，幫著經營溫泉旅館的生意。丈夫去世，她又沒有生育，就回來做一家自己想要的溫泉屋，小巧的、溫暖的，像家一樣的感覺。「爲什麼沒有住宿？」他問。「我習慣自己一個人住。」她微微偏頭說著，微笑著。她的溫泉屋招待很親切，每次他一來，老板娘一定親自下廚，她的燒烤好得很，卻也看著他不准多喝。其他客人瞎起鬨：「紀桑喝醉了就睡在這裏啦。」「紀桑喝醉了你得送他回

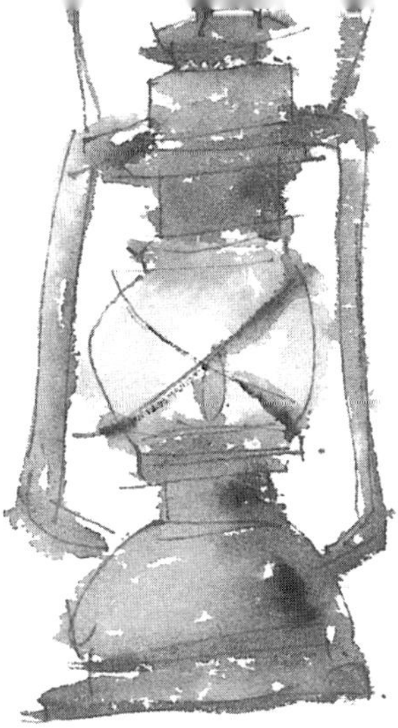

去，否則下回不招待小菜了。」她的眼波流轉，令他胸中鬱悶。他疼惜她一生都在陪笑，一生都得不到個名份，也知道自己什麼也給不起，他的生意根本就是名存實亡了；他的婚姻也是名存實亡，偏偏還結束不了。

有一陣子他去了大陸一個多月，回來時聽同事說，老板娘打算結束營業，聽說要嫁人了，對方是個鰥夫，五十幾歲，事業做的很好。他有兩種衝動，一是立即去溫泉屋，勸阻她；一是從此不再去了，免得憑添煩惱，只是，他憑什麼勸阻人家追尋自己的幸福呢？他強忍著不去溫泉屋，覺得這個冬天特別冷，而且孤寂。這天是日本客戶要求去溫泉屋，他得到一個很好的理由，去看她，或許是最後一次。他幫她帶了一匹蘇州的軟緞繡花布，應該可以裁製一件美麗的和服。送給她的時候，他說：「送妳的結婚禮物。」她沒說話，眼中漾漾地，分不清是笑還是淚。用餐時，他多喝了兩杯，她替他斟了又斟，一點也不勸，直到他自己感到酒意。餐後她捧來一盤黃澄澄的橘子，一枚枚地剝開來，橘香四溢，他聽見她說：「今晚好冷，路上濕滑，不如就獃在這裏吧？」他微微顫慄了，輕聲說：「我不想麻煩妳。」她笑著直視他的眼睛：「我都準備好了，一點不麻煩的。」

他在酒意中昏昏睡去，此刻，忽然清醒的睜開眼，聽見她巡梭在園中點燈的聲音。然後，房門輕輕被開啓，她披散長髮，緩緩走到床邊，他騰起身子抱住她，寂靜中他的聲音悶悶地：「我什麼也不能給妳……」「你不明白我要什麼。」她牽他下床，往浴場去：「我慢慢告訴你我要什麼。」

第二天早晨，枝上的鳥兒爭相走告，溫泉屋老板娘今天是和一個男人一起熄了那些燈的，她以往熄燈時是面無表情的，這一次卻笑得那樣燦爛。所有燈都熄滅後，太陽升起時分，他們在松樹下擁吻。

少年遊

北宋 周邦彥

并刀如水，吳鹽勝雪，纖手破新橙。
錦幄初溫，獸煙不斷，相對坐調笙。
低聲問：向誰行宿？城上已三更。
馬滑霜濃，不如休去，直是少人行。

馬滑霜濃，不如休去，直是少人行。

詞場曼話

周邦彥（西元1057～1121年），年輕時他的放浪任性，博得浪子之名，很被鄉里人輕視。然而，他既有才華又能博覽百家之書，竟成爲北宋末年最重要的婉約派詞家。他填詞的態度相當嚴謹，字斟句酌，務必要符合音韻節奏，並且有著唯美的傾向。如「歸騎晚、纖纖池塘飛雨。斷腸院落，一簾風絮」〈瑞龍吟〉；「念月榭攜手，露橋聞笛。沉思往事，似夢裏、淚暗滴」〈蘭陵王〉；「葉上初陽乾宿雨。水面清圓，一一風荷舉」〈蘇幕遮〉，寫情深摯，寫景鮮明，令人印象深刻。

周邦彥的才學很受到當代君主的賞識，他的風流韻事也成爲流傳千古的佳話。最被人津津樂道的，應該就是與汴京名妓李師師的情事了，這才貌雙全的女子同時也是徽宗皇帝的情人。徽宗因爲迷戀師師，從宮中鑿出秘密通道，以便時時幽會，周邦彥與李師師的交往自然產生不少阻礙，傳說中〈少年遊〉這闋詞便是邦彥與師師約會時徽宗忽然到來，攜來一只剛剛進貢的新橙與師師分享，邦彥只好暫時隱蔽躲藏，耳聞目見而後創作出來的。這傳聞雖然增加不少趣味性，研究者卻因設想詞人的窘迫而替他辯解，說明種種絕不可能的原因。不論詞人創作的靈感從何而來，他確實相當生動的將閨中旖旎風光描摹得極其濃豔，是很成功的作品。

桌上一柄利刃，發出水一般銳亮的光芒；還有一碟精細的鹽，似乎比雪花還要皎白。纖細的手指持著刀，正輕輕地破開一枚橘黃色的橙子。織錦的床褥保持著剛剛好的溫度，獸形香爐透出的香味瀰漫在空間中，兩人面對面坐著，彈奏著動聽的樂曲。琴聲裏聽見女子輕聲問道：「今夜要去哪裏安歇呢？霜雪鋪地的暗夜，馬兒一不小心就會滑倒的，路上的行人很少，你不如就不要回去了吧？」

「馬滑霜濃，不如休去，直是少人行」，這三句爲整闋詞的精神主旨，有情人共同經歷如此甜蜜的約會，怎捨得乍然分離？然而，挽留者卻不直接說出自己的心意，又說天冷路滑，又說路上行人少，句句都在留人，竟又如此含蓄，果然是更添加了柔情蜜意。便是鐵石心腸的人，面對這樣的挽留，怕也插翅難飛了吧。

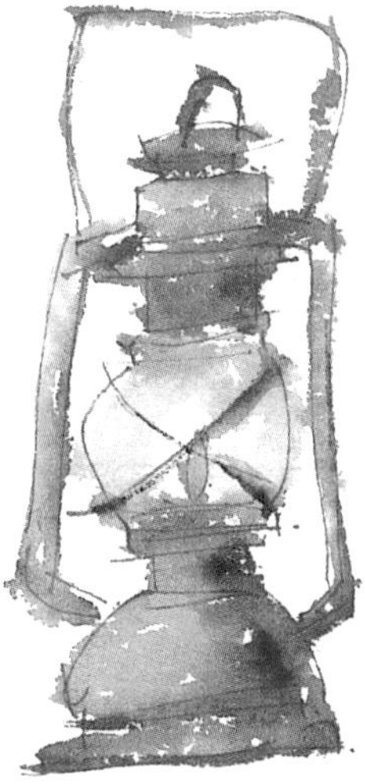

時光詞場

第二片

壯年聽雨客舟中，江闊雲低斷雁叫西風。

回首向來蕭瑟處，
歸去，也無風雨也無晴。

風來了，
那風或許來自億萬年前的冰河，
穿越無以計數的松枝松葉，
成一闋溫柔壯闊的奏鳴曲，
他深深呼吸，
彷彿自己也成了樂器。

纜車緩緩昇高，草坡從腳下滑開，他俯首看著那些在風中搖曳的草葉，細亮地，像嬰孩頭上的絨毛。妻子的手伸過來，輕輕握住他的手，以眼神探詢，他點點頭，表示自己一切無恙。

「爹地！看這裏，笑一個哦！」坐在前輛纜車的女兒回轉身，替他拍照。他笑著，將妻子擁進懷裏。

遠離塵囂與都市裏的忙碌緊張，山間寒涼的空氣，使他的心情格外舒暢，有一種想要唱歌的衝動，可是，一時間想不起一句歌詞，只好作罷了。纜車在半山的站裏停住，許多洋人坐著站著，忙著拍照，女兒拉著洋男友轉進店裏去，不一會兒就擎著兩隻霜淇淋跑出來。

「這麼冷的天還吃冰？」妻子叫嚷出聲。

「就是冷了才要吃冰的嘛，來來來！你們倆一隻，我和吉米一隻。」女兒歡快的分配著：「兩人吃一隻，感情才不會散哦。」

妻子莫可奈何的接過霜淇淋，看著前方湊在一起吃霜淇淋的女兒與吉米，兩顆頭顱彷彿要連接到一起了，她蹙著眉靠近他：「他們不會是認眞的吧？」

他在妻子手中咬一口霜淇淋：「我只知道，我們是認眞的……」

「去！」妻子笑著用手肘撞他一下，那力道不輕不重剛剛好。

妻子或許忘記了，他可還記得，當年妻還是女朋友的時候，帶他返家去見父母親，爲了體面，身上穿的西裝還是向同學的哥哥借來的。或許正因爲不是自己的衣裳，整個人感覺很不對勁，雙腳侷促地擱在客廳長毛地毯上，忽然就痠痲到失去知覺了。還有那些挑剔的眼光，使他的表情變得僵硬，他第一次認知到自己是高攀了。他惶然的眼睛蒐尋到女友，她緊緊盯著他看，那裏面有一種生死與共的堅持，他明白自己若是退讓，她就要萬劫不復了。於是，他昂起頭，對著未來的岳父岳母說：「您們或許不相信我，但是，您們應該相信自己的女兒，她是個有眼光的女孩，她看見我的未來有成就。」

他們終於結婚了。可就是當年的一句承諾與擔保，他義無反顧在事業上打拼三十年，剛開始的時候甚至不要孩子。「我們有什麼條件要孩子？我們能給孩子什麼？」其實，他那時已經有了三家公司，年收入上千萬，只是他總覺得還不夠，總是沒有安全感。女兒出生時，他們結婚已經十一年了，坐在妻子床邊，輕輕拾起那隻嬰兒的粉紅色小手，小手立即握緊他的姆指，他的眼中蒙上一層淚翳，暗暗許下一個誓言，他一定要給這小女孩世上所有最好的東西。他更加投入在事業上，不斷要求更好的業績，大幅度的成長，直到妻子陪著女兒移民到加拿大去，他送著淚眼婆娑的妻子上飛機，他知道自己不該讓她們離開，但，他停不下來。他就是停不下來，直到那一天在寒流來臨的深夜，他從公司緊急會議桌前倒下來，眼前一黑，什麼感覺都失去了。

他有心臟病的遺傳，父親與伯父都是在這樣的年齡死於心臟病，

他並不是不知道，或許正因爲這樣，他才像個沒有後路的人那樣，卯起來拚搏。他昏迷了幾天，有時迷濛中醒來，看見女兒正爲自己梳頭；有時看見妻子伏在自己胸前，卻又像夢一樣。等他終於清醒，妻子對他說：「就算你現在像三十年前一樣窮，我還是要嫁給你。」話沒說完，已經哭倒了。女兒很生氣的樣子：「爹地你很壞！說要來看人家，不來就算了，還這樣嚇人家，我要被你嚇死了。」說著眼睛又紅了。他覺得很抱歉，一輩子爭強好勝，最後讓兩個最愛的女人傷心成這個樣子。

等他病癒之後，他們安排了一趟洛磯山國家公園之旅。從纜車站沿著鋪建好的木梯，一路往上登去，女兒和吉米跑跑跳跳的，邊唱邊走，完全不覺得這是上坡路。妻子叨叨敘述著從到加拿大來就想登洛磯山，卻又想著同他一起來，料不到一場病，讓她的心願達成了。說著的時候，他可以感覺到妻子的欣慰，原來，他一直想獻給她的，並不是她最想要的，他不免有點惆悵了。

走了十幾分鐘，山路愈顯陡峭，他的喘聲愈大，終於握著扶手停住。

「嘿！爹地！加油啊！」女兒鼓勵著他：「來！我扶你走。」

「別勉強妳爸爸。」妻子謹記住醫生的叮嚀：「你們去吧，我在這裏陪他。」

他堅持妻子同女兒她們上到頂端去，去看那難得的壯麗美景，拉鋸了好一會兒，他們都走了，接著許多遊人紛紛從他身旁走過，就只剩下他一個人。四周都是松林，他倚著欄杆站立在陽光裏，無法像其他人那樣，攀到更高的地方。安靜下來的時刻，他聽見極其婉囀脆亮的鳥叫聲，一隻拖著長長剪尾的紅黑羽色的鳥兒，就在身邊，自在歡愉的尊貴姿態，他看著，幾乎失神了。鳥兒忽然斂起毛羽，振翅飛去，同時，風來了，那風或許來自億萬年前的冰河，穿越無以計數的松枝松葉，成一闋溫柔壯闊的奏鳴曲，他深深呼吸，嗅著那乾淨沁涼的空氣，彷佛自己也成了樂器。

妻子和女兒下來時，興奮地爭著敘述山頂的景象，他聽著，臉上始終掛著一抹神秘的微笑，在不能爭高的時刻，他終於細細感覺到一些美好的瑣碎事物。

定風波

北宋 蘇軾

莫聽穿林打葉聲，何妨吟嘯且徐行。
竹杖芒鞋輕勝馬，誰怕？一簑煙雨任平生。
料峭春風吹酒醒，微冷，山頭斜照卻相迎。
回首向來蕭瑟處，歸去，也無風雨也無晴。

詞場曼話

蘇軾（1036～1101），爲宋詞豪放派最重要的代表人物，他自幼聰慧，父親蘇洵四方遠遊，是由知書識禮的母親爲他和弟弟蘇轍啓蒙的。後來蘇洵發奮苦讀，與兩個兒子一同考科舉，也成一時佳話。蘇氏父子三人都是當朝有名的散文家，世稱「三蘇」。蘇軾舉進士時只有二十一歲，很受到歐陽修的器重與讚賞，卻因與當權的王安石政見不合，飽嘗厄運，曾被貶至杭州、密州、徐州、湖州、黃州、登州、惠州……等地，最遙遠的一次是被貶至瓊州，即是今日的海南島。他也因鋒芒顯露遭人惡嫉，以詩謗入獄，在牢獄中備嘗辛苦。因此，他的時代雖是承平盛世，而他所處的環境，卻是憂患失意的。

難得的是他總能順應逆境，隨遇而安。神宗哀憐他的才華，將他絀置於黃州，蘇軾簑衣草鞋，與田間父老相往還，並獲得很大的樂趣。他在東坡築屋而居，乃自號爲東坡居士。他被謫杭州時，也爲地方興利除弊，直到現在仍留下一道蘇堤，顯示百姓的懷念；美味佳餚的東坡肉，更可見他與百姓和諧相處的眞性情。從瓊州歷劫歸來，提起這段驚心動魄的往事，他寫下「九死投荒吾不恨，茲遊奇絕冠平生」的詩句，這樣的超脫，或許與他複雜的思想背景有關。東坡有著儒家的根基，加上莊子的哲學與佛法的智慧，造成他達觀明朗的積極人生觀，與文學上豪放不羈的風格。他留下許多如珠玉般晶瑩的絕妙好詞，這些詞作不僅只是抒發性情，還蘊含著深刻的人生哲理，是藝術家之作，更具思想家精神，對於我的人生啓示尤其重要。

東坡是個深情的人，所以才能寫出懷悼亡妻的「十年生死兩茫茫，不思量，自難忘」〈江城子〉；東坡是個堅執於高潔理想的人，所以寫下這樣的心情：「揀盡寒枝不肯棲，寂寞沙洲冷」〈卜算子〉；東坡對於歷史的更替興亡，有很透徹的了悟：「大江東去，浪淘盡，千古風流人物」〈念奴嬌〉；東坡也是個惜情重義的人，在與弟弟分隔兩地的思念中，有了「但願人長久，千里共嬋娟」〈水調歌頭〉的祈願。至於這闋〈定風波〉作於四十七歲的中年時期，有著許多對於人生的理解與不肯放棄的堅持勇氣，也是東坡廣爲人知的代表作品。

午後的山林間起風下雨了，然而，隨從們帶著雨具

卻先行離去了。同行的夥伴們沒料到會有這場雨，不免顯出了狼狽。這時候穿過樹林的風雨聲，那聲勢必然是很浩大的，不如不去聽那樣的聲音，並且應當放慢腳步，一邊向前走一邊高聲吟唱著自己的曲調。雖然在風雨中能夠憑藉著的，只有一枝竹杖，一雙草鞋，卻自覺比騎著馬還要輕快些。何必擔心恐懼呢？過去的一生際遇，有起有落，難以預料的人生，不就像是披著簑衣從風雨中走來嗎？仍帶著刺骨寒意的春風吹來，將酒意吹散，正感到微微的寒冷，山頭上的夕陽卻溫暖的迎面而來。回頭望向自己曾經行過的人生道路，不管是晴是雨，都不會妨礙歸去時的自在瀟灑了。

「回首向來蕭瑟處，歸去，也無風雨也無晴」，這樣的無求與自足，必須要是經歷過人生許多風雨之後，才能擁有的態度吧。年輕人所追求的是那些可以看得見

的，能夠向人炫耀的東西，於是不斷拚搏，以換取更多的擁有，更高的位置，卻忽略了人生所需求的愈多，生命的負擔便愈沉重。總要等到眞正失去一些東西，不得不放棄一些東西，才會發現，生命裡的需求並不那麼複雜，而人生道途的坎坷乃是一種必然，唯有一顆平靜的心，才能定人生一切風波，達到得而不喜，失而不驚的境界。

第三片

而今聽雨僧廬下 鬢已星星也。

人不寐，將軍白髮征夫淚。

空床臥聽南窗雨，誰復挑燈夜補衣。

歡然處，有膝前兒女，几上詩書。

不灑世間兒女淚，難堪親友中年別。

世事如今已慣，此心到處悠然。

時光詞場

第三片

而今聽雨僧廬下，鬢已星星也。

人不寐，將軍白髮征夫淚。

轟隆隆所有的聲音
最後化成一種靜寂的聲音，
但他能感知那種喧囂，
戰場上衝鋒陷陣時特有的，
天地間的共鳴。

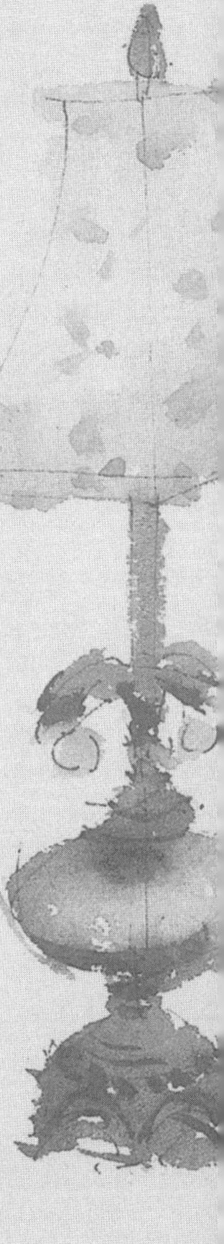

出事前一天夜裏，他做了一場怪夢，對他來說能夠做夢已經是很稀奇的事了，因為他的睡眠總是這樣稀少，實在很難成功地醞釀一場完整的夢境。他已經失眠許多年，自從他的妻熟睡之後，他就睡不著了。所以他記得這夢裏的一切。

他彷彿又回到戰場，又或者他從沒離開過戰場，戰場上的煙硝氣味，遲遲的黃昏色澤，偶爾一隻鳥雀劃過天空，驚飛遠逸。他的瞳仁繃得緊緊地，環顧周遭的弟兄們，總害怕此刻眼中的景象就是最後的景象，眨一下眼便是無可挽回的訣別。轟隆隆所有的聲音最後化成一種靜寂的聲音，但他能感知那種喧囂，戰場上衝鋒陷陣時特有的，天地間的共鳴。忽然，他看見自己的肩胛連同著臂膀，噗地跌落在泥濘裏，而那枚不記得是在哪場戰爭中搏得的勳章，還好好地嵌在臂上。這是做了一輩子軍人僅有的一點榮譽了啊，他什麼也顧不得，奮力用另一隻手去撈取，就在這時，另一隻手臂也跌落在泥濘中，他大喊著，戰慄地醒來，渾身發冷汗。

眞不是一個好兆頭。他心裏愈不安就愈想見到妻子，如果他眞的發生了什麼事，誰來照顧他的妻？這個笑起來酒窩總在臉上閃閃發亮的女人。他從夢中醒來便再沒有睡，等著天亮，等著黑夜一點點褪去。就著晨光，他在鏡前穿戴整齊，彎腰將黑皮鞋打磨得晶亮，只是直起身子時挺費力。他注視著鏡裏的自己，忍不住伸手去揩拭，到底是鏡面糊了還是老眼昏花了？

穿過積水的巷弄，村子外面的陽光總是燦爛些，他掏出墨鏡戴上，忽然想起舊日副官老郭對他說的話：「將軍這威儀，就像是六十歲的人，如果您願意，到江南找個伴兒，也好老來無虞，就是夫人也多了個照應……」他在老郭的喜宴上默默喝著酒，老郭的新娘是蘇州人，三十歲上下，好像是什麼相親團給撮合的。老郭特意染了黑溜溜的頭髮，可惜髮一黑倒顯得稀少了。老了，誰也不能不服。一些老部

屬帶著老婆孩子過來敬酒，難得他們還記得那些戰役與將軍的功勳，可是，只有他自己知道，現在的戰場就是他自己的身體，那些征討不完的病痛啊，他再沒有致勝的把握，況且是如此孤獨的戰爭。

他無意去尋找另一個伴侶，因爲他的妻根本不可能被取代，他停在市場旁的花販前，挑了一束花，是一種心血來潮，實在也是想揮去前夜的陰影。付了錢才想到，已經多少年沒買過花了？上一次，是在大撤退那一年，他的妻與母親先來台灣，有消息傳來說他們全軍覆沒，他的妻不幸小產，再不能生育。當他終於平安找到她們，看到的妻是萬念俱灰的，黯沉的眼睛呼喚著死神，太過憂傷的緣故，使她幾乎認不出他來。他買了一束花，在病床前對她說了許多話，一點一點把她的意念喚回來。他的妻陪伴他半個世紀，經歷過這麼多，眞的不能取代了。

他捧著花束上車，特意投了兩枚硬幣進票箱，儘管早就具備老人免票優惠的資格，但，基於某一種自尊的需求，他寧願買票，這城市的人對待老年人幾乎是沒有敬意的。妻子住宿的療養院就要到了，她自從中風昏迷以後，就一直住在這裏，而他，風雨無阻天天探視。今天的他確實有些心急，想像著聞到花香的妻，會不會格外高興？也許會對他眨眨眼表示謝意？她最近眞的有進步了，當他爲她讀報，她會眨眨眼；他爲她溫柔地抹臉，她也會眨眨眼；他告訴她自己要回去了，她便睜著眼，一下也不眨，好吧，好吧，他當她在對自己撒嬌，笑著說：再坐一下，我再坐一下……

到站了，他慌慌拉鈴，一邊站起來，還沒來得及拉住吊環，司機猛踩煞車，巨大的前衝力將他整個人震飛起來，撞擊在司機旁的鐵欄杆上，再跌坐落地。轟隆隆所有的聲音最後化成一種靜寂的聲音，但

他能感知那種喧囂，身體裏骨頭碎裂時特有的，劇烈疼痛的共鳴。身旁有乘客想拉他，他起不來，司機從座位上跳起來，氣急敗壞地咆哮，責怪他不會搭公車還來搭公車，根本就是要找麻煩，叫他自己爬起來下車去，不要假裝可憐搏同情。乘客紛紛下車去了，大約知道事情不會立即解決，他們從他身邊安靜迅速的經過，有個孩子天真的靠近他，卻被母親拖走，車子一下子全空了。

他好想下車，妻子就在不遠處等著他，等著對他眨眼，那束零散的花，他還緊緊握在手裏，花瓣紛紛亂亂落了一地。他不能去，他好想去。他咬緊牙仍止不住顫抖，他不想坐在地上，他這一生從不肯讓人輕視，可是他的上半身與下半身彷彿已經脫離，他從未感到如此的恐懼，在司機不斷的訕笑與辱罵裏，他忽然張開嘴，沉鬱地，失聲痛哭起來。

人不寐，將軍白髮征夫淚。

漁家傲

北宋 范仲淹

塞下秋來風景異，衡陽雁去無留意。
四面邊聲連角起。千嶂裏，長煙落日孤城閉。
濁酒一杯家萬里，燕然未勒歸無計。
羌管悠悠霜滿地。人不寐，將軍白髮征夫淚。

人不寐，將軍白髮征夫淚。

詞場曼話

范仲淹（西元989～1052年）是北宋著名的邊塞詞人，他手握兵權，曾鎮守延州（今陝西延安）邊關許多年，因號令明白，愛撫士卒百姓，羌人臣服親愛，將他稱爲「龍圖老子」。他的詞作傳世不多，卻有極美麗深情的意象，如〈蘇幕遮〉「碧雲天，黃葉地，秋色連波，波上含煙翠」一闋，便是代表作品。與范仲淹同時期的詞人，多表現出婉轉溫柔的情調，范仲淹在〈漁家傲〉裏的豪放慷慨，恰如其分的將當時政治與軍事問題呈現出來。

這闋詞成功地營造了秋日邊塞的寒涼蕭瑟景色，連雁鳥都以一種堅決的姿態飛離，片刻也不想停留。耳中所聽見的，是軍中的號角嘹亮，混雜著胡笳、牧馬，一切吟嘯之聲。眼中所看見的，是重重疊疊的山嶺環繞，營裏升起的煙直衝入天，紅日緩緩沉落，城門緊閉，又是一日將盡的昏暮時分。舉杯藉酒澆愁，卻更清醒的記起遠在萬里之外的家鄉，歸鄉，是最眞切的渴望，然而，戰爭還未取得最終的勝利，戰功無法勒記在燕然山上，這渴望就只是奢望罷了。夜深了，大地鋪上白霜，羌笛悠悠揚起，在這充滿情感的音調中，人們都失眠了。難以入睡的征人，落下思念的淚水，將軍也在秋霜滿地裏，察覺到新添的白髮。

「人不寐，將軍白髮征夫淚」，我從這兩句話裏，看見千古以來戰場上的寂寞與無奈，也看見軍人的榮譽與堅強。假若人生就是戰場，他們的戰場顯然更激烈更殘酷也更不由自主。我常揣測，白了髮的將軍或戰士，離開戰場以後的生活，是怎樣的形式？他們最大的挑戰，會不會就是失去戰場這件事？又或者是與老、病、死亡相爭鬥的，難以獲勝的戰爭？

時光詞場

第三片

而今聽雨僧廬下，鬢已星星也。

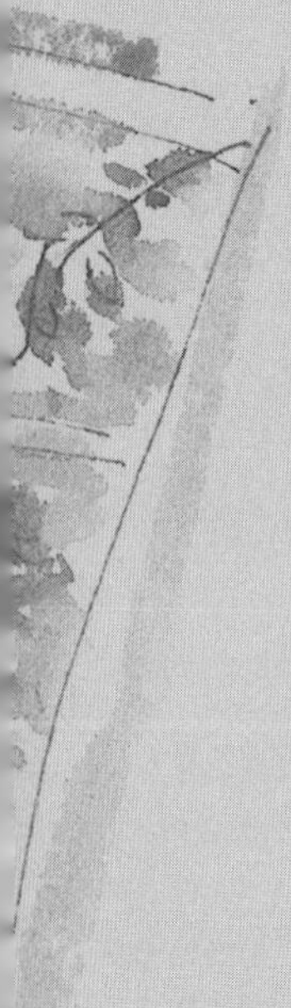

空床臥聽南窗雨，
誰復挑燈夜補衣。

黃昏時她一進門就嚇住了，
滿屋子落拓骯髒的逃兵，
她知道他們是逃兵，
因為，他們眼裏閃著
饑渴恐懼的焦躁的火。

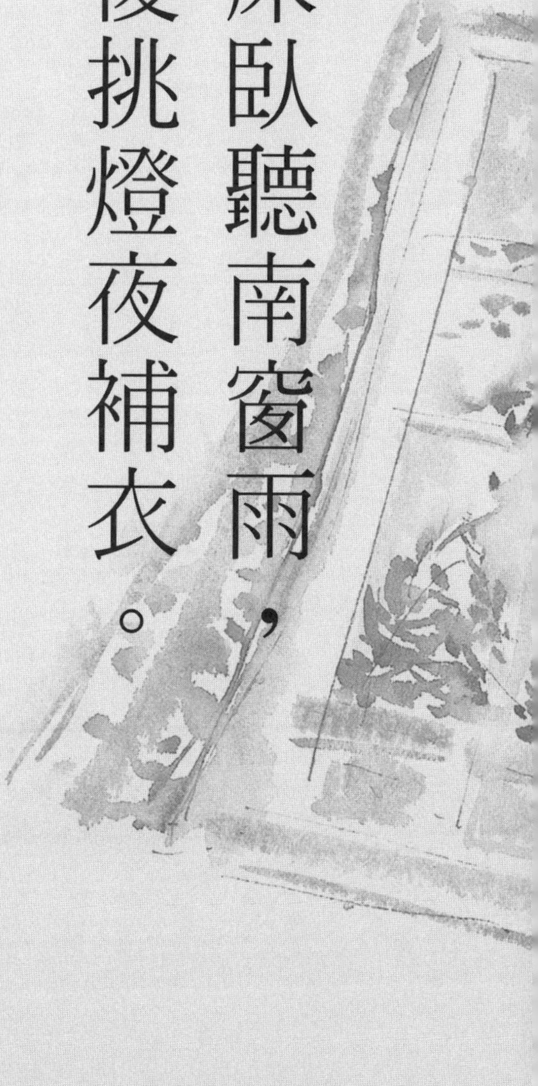

她看見他坐在窗邊補衣裳，窗邊有較好的光線，但，他戴上老花眼鏡還得蹙眉，整張臉縮成一團。她的疼惜情緒迅疾湧起，這大男人是舉槍桿的，怎麼好讓他拈這繡花針呢？她想翻身坐起，對他說：「讓我來吧。」可她無力翻身，她坐不起，她的喉頭被石灰封住似的，一點聲音也發不出來。她這才想起，自己已經癱了，癱了好一陣子了。好一陣子是多久？她也記不明白，只朦朧間記得被送到了療養院來，療養院裏許多白衣護士，輕聲細語地。療養院裏一年四季都是同樣的濕度與溫度，於是，她徹底失去了季節與時間。過去的事她還清晰地記憶著，她記得年輕的時候，因爲小產失血過多，也住在醫院裏，住了許久，也是這種身不由己的狀況，後來還是好了。所以，她覺得自己終究會好起來的，也許有一天走下床來，扶著老伴的肩，輕輕地說：「讓我來吧。」

當年要嫁給他，所有人都反對，包括她的父母親人、同事朋友，大家都認爲她不該嫁給軍人，特別是在亂世，在戰爭之中。他那時候是個連長，她是一所音樂學校的教員，轟炸中他保護了她和她的學生們。還記得砲聲止息後，她想從溝裏將驚嚇過度的孩子們拉出來，卻怎麼也使不上力，他過來助她一臂之力，並且對她說：「一個女孩子在外面太危險，還是回家去吧。」她的家境很好，從小圍繞著獻殷勤的男人不知道有多少，甜言蜜語簡直可以用籮筐盛裝都裝不完，可是，不知道爲什麼，這句簡簡單單的話卻深深打動了她。她在他駐守在城裏的時間，與他相戀了，經過激烈的家庭革命才嫁了他。嫁他的時候只穿了件花布衣裙，連自己的私房錢都沒帶出來。她將緞子似的烏黑長髮結成辮子，盤在頭頂成一個大花髻，花燭掩映裏髮髻處處燦亮發光，他笑稱她是個不戴花卻比花還美的新娘子。

婚後不久，軍隊節節敗退，開始撤守，她隨著丈夫一路南行。道途中，許多年輕的孩子因爲想家而動搖了，許多孩子申請除役，許多孩子成了逃兵。她親眼撞見過軍中以軍法制裁槍斃了一個十八歲的逃兵，那孩子只是不想再戰，不想再逃，想要回家去。丈夫那時已經是營長，卻變得鬱鬱寡歡，手底下幾百名士兵都顯得倦怠，特別是軍餉不足，瘟疫又開始悄然蔓延。

她每天向鄉間的農民換一枚雞蛋，幾把青菜，爲丈夫開小灶，做些他吃了可口的小菜，也算是慰勞了。黃昏時她一進門就嚇住了，滿屋子落拓骯髒的逃兵，她知道他們是逃兵，因爲，他們眼裏閃著饑渴恐懼的焦躁的火。丈夫從旁邊走出來，安慰地對她說，這些都是跟過他的兵，就像自己的骨肉，他們走到這兒，眞的走投無路了，只想吃一頓飽飯，天一亮就走。這眞是一個難題，恰是月底了，除了手上這一枚蛋，她什麼也沒法兒變出來。天黑之後，丈夫帶著一群大孩子去溪邊洗澡，她從附近人家借來一些饅頭蒸上，盯著那枚雞蛋發獃。倘若這不是一個蛋，而是一隻雞該有多好？

丈夫將那些兵都安置在溪邊的蘆葦叢裏，回到家卻看不見她的蹤影，只看見一把剪刀擺在桌上。他知道她去想辦法了，卻開始後悔，不該讓她一個人去想辦法，她一個弱女子能有什麼辦法呢？他如同困獸般在屋裏踱來踱去，剪刀，她用剪刀做什麼呢？他幾乎要崩潰，忽然恐懼自己將永遠失去她了。後來，她急匆匆進門，捉著一隻活雞，臉上閃亮著喜悅：「去！找隻缸，把火升起來。」這是她頭一回用命令的語氣對他說話，而他竟應承地如此歡快。深夜裏，一群赤裸上身的兵士，圍著缸啃饅頭，喝雞湯，他們天明之後就要上路，運氣好些的可能回家，運氣不好的隨時都得喪命，但，起碼在這一刻，他們感覺豐厚的幸福。

當那些兵士橫躺倒臥著入睡，她在微弱的火光裏，拈針爲他們縫釦補釘，宛如一個母親。天亮之前，她和丈夫站在門前，目送著一群孩子無聲地潛離，就像是依依不捨的父母親。黎明時鴨蛋色的天光昇起，丈夫忽然發現她包裹的頭巾，發現她彷彿有些不一樣。她輕輕揭去頭巾，那飽含黑金光澤的長髮消失了，她最引以爲傲的美麗，換取了一頓晚餐，餵飽許多天涯的孩子。

她相信，丈夫還記得這些事，上一回，他在她床前補衣裳時，還問她：「那一晚妳補了多少件衣服啊？」她無法回答，對他眨了眨眼。奇怪的是，他怎麼還沒來？每一天他都來的。她看不見窗外的景色，卻聽見淅瀝瀝好像下雨了。大概是被雨給耽誤了吧，她想，待會兒他進來肯定要抱怨陰雨天，抱怨自己的關節痛了。她喜歡聽他抱怨，她聽著雨聲靜靜等候著他。

空床臥聽南窗雨，誰復挑燈夜補衣。

鷓鴣天

北宋 賀鑄

重過閶門萬事非，同來何事不同歸？
梧桐半死清霜後，頭白鴛鴦失伴飛。
原上草，露初晞，舊棲新壟兩依依。
空床臥聽南窗雨，誰復挑燈補夜衣？

詞場曼話

賀鑄（西元1052～1125年）是宋太祖孝惠皇后的族孫，乃是貴族子弟，他的才華出眾，詞作自然穠麗，像是〈青玉案〉的「一川煙草，滿城風絮，梅子黃時雨」，便是著名的警句。賀鑄也因這闋詞被當時士人稱爲「賀梅子」。然而他的容貌甚爲寢陋，又被嘲爲「賀鬼頭」。儘管相貌醜陋，顛簸失意，卻仍有獲得幸福的機會，他的妻子趙氏與他情投意合，相知甚深。趙氏也是皇族宗室之女，嫁給賀鑄後，勤儉持家，體貼入微。一年夏天，賀鑄見妻子忙著製作冬衣，忍不住取笑她是個性急的人，趙氏振振有詞的說了個故事，說是有個人到了嫁女兒的前一夜，才想起要找大夫醫治女兒頸上的癰，假若到了冬天才縫製衣物，不就與那嫁女兒的人一樣傻嗎？後來，賀鑄偕同妻子去江蘇一帶遊玩，不料妻子竟在江蘇一病不起。這個打擊使詞人哀慟欲絕，流連於江南，久久不忍離去。等到他第二次去江蘇，景物依舊，前塵往事湧上心頭，心中的激動感傷再抑止不住，於是有了這闋〈鷓鴣天〉的創作，這闋詞又名〈思越人〉或〈半死桐〉，表達出對於亡妻強烈的思念。

再度經過蘇州城門時，感受到一種物是人非的悲痛，當年明明是一起攜手同遊的妻子，爲什麼相伴而來卻不能相伴歸去呢？那相守著一同老去的梧桐樹啊，在秋霜之後死去了一株，活著的也就生意索然了。那原應廝守到白頭的鴛鴦鳥啊，離散了伴侶，也就失去了展翅的意義了。原上的草葉霑著晨露，陽光照射中很快便乾燥了，舊日共同棲息的住所，妻子獨自長眠的新墳，都令人徘徊不願離去。在這

張寂寥冷清的床榻上，靜靜聆聽著窗外淅瀝瀝的雨聲，難以成眠的夜色裏，還會有誰挑亮一盞燈爲我補衣呢？

「空床臥聽南窗雨，誰復挑燈夜補衣」，寫出的是夫妻之間的眞實情感。思念是一種無形的魔力，往往在不知覺中悄然來襲。思念也是最擅長選取生活中珍貴片刻的魔法師，他並不稀罕那些強烈的、刻骨銘心的情節，當歲月流逝無聲，他自其中撿取的竟都是細微的，看似平凡無奇的事物。妻子在燈下補衣的側影；情人之間調笑的話語；一種仰望或是凝眸的形象，這些再尋常不過的瑣碎記憶，原來竟有著最深刻的意涵。

時光詞場

第三片

而今聽雨僧廬下，鬢已星星也。

歡然處，
有膝前兒女，几上詩書。

女兒看著他，不吵不鬧，
安安靜靜地流眼淚：
「我只想知道，
這個世界有沒有人會愛我？
只是愛我，而不是你的錢？」

掛上電話之後，他有一陣子的怔忡，從起居室的窗子往外望，遠處高山上的積雪已清晰可見，而庭院裏的花木依然繁茂，寒冬似乎並沒有進入小鎮。老妻頭上繫著花布巾，正在雞籠前餵食，順手將一隻小雞捉進手中，仔細地檢視著。

「公公！你講完電話沒有啊？」外孫女在門口問著，半個身子已探進門內。他微笑著招呼外孫女，大狗Snow也跟著進來，乖乖地趴在壁爐前的地毯上，準備瞌睡的樣子。外孫女往他身上蹭，撒嬌地攀住他的脖子：「公公你講電話講了好久，幹嘛要講那麼久啊？」他呵呵地笑起來，抱著外孫女下樓，往廚房走去，正好遇見老妻進門，看著他們搖頭：「兩個人又黏上了？」他們一塊兒走進廚房，女兒正在烤爐前忙著，臉頰被熱氣烘得緋紅。「好香啊，是不是蘋果派？」他高聲詢問。女兒一邊皺眉對外孫女說：「快下來，把公公壓垮了。」一邊對他說：「爸！你幫我嚐嚐，這是焦糖蘋果蛋糕，我的新嘗試。」

「我要我要！我要吃蛋糕。」外孫女當仁不讓，馬上下去找叉子去了。「聞起來挺香哦。」妻子深深吸一口氣。「當然囉，妳的焦糖蘋果是天下第一。」他靠近妻子說著。

「其實不難，只要白糖和萊姆酒啦，檸檬汁的份量都對了……」

女兒打斷妻子的話：「經驗更重要，媽媽的火候是不傳秘方，吃過的顧客都跑不掉，一定還會回來。」

吃過蛋糕，他幫著女兒將烤好的蛋糕送到餐廳裏去，他們將餐廳開在鎭上最熱鬧的街道上，由女婿和較大的外孫與外孫女掌理，因爲菜色道地，服務親切，也算做出點名號。

「爸！是誰打來的電話？」在車上，女兒問他，神色略顯得不安。

「以前的同事。」他回答。

女兒不再說話，他也不再出聲。電話裏的談話忽然鮮明起來，您不適合那種生活，您不應該獃在那個荒涼的小鎮，您的戰場在這裏，每一天幾十億進進出出，這才是人生啊！是的，那是他曾經有過的人生，他帶領著新一代企業菁英，衝鋒陷陣，建立起一個奇蹟似的王國。他登上國際金融雜誌的封面人物時，他的小女兒也因自殺未遂進了醫院。小女兒一直是他不了解的孩子，因爲從這孩子出世，他的事業便扶搖直上，根本抽不出時間與孩子培養情感。女兒結婚很早，生了兩個孩子之後離了婚，接著又結婚，再生孩子，他和妻子都勸過她不要急著生小孩，可是她反問：「婚姻這麼不可靠，除了孩子還有什麼眞實的東西？」她的婚姻確實不可靠，第二任丈夫又背叛了她。

在醫院裏，她扯住醫護人員，對他們歇斯底里的嚷著：「看哪！這就是我爸！他是最

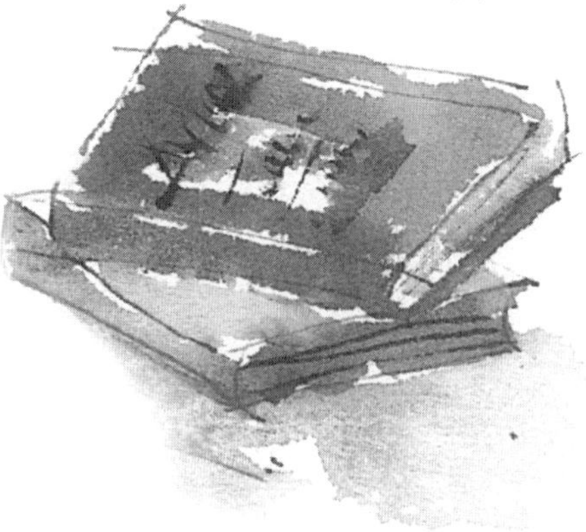

偉大的企業家，我有今天，全是拜他所賜啊！」他很震驚，沒想過女兒對他有著這樣深的怨懟。只剩下他們父女兩人時，他問女兒：「我能幫妳做什麼？」女兒看著他，不吵不鬧，安安靜靜地流眼淚：「我只想知道，這個世界有沒有人會愛我？只是愛我，而不是你的錢？」

那兩年，他的菁英們併呑收購許多公司，一副有我無敵的樣子，那些受害者有的是他的朋友，有的是他的長輩，他發覺事態嚴重想要阻止時，才發現自己已經被架空了。他與其中最核心的當權者懇談，那人的眼睛滿是紅絲，充滿狂渴的神情：「我們停不下來，放不了手。」他霍然明白，只有正往高峰攀爬的人才會停不下來，他呢，是該放手的時候了。他對他們說，面對再大的利益，也不該犧牲了倫理，否則，將來他們也會成爲犧牲。沒人聽得進去，他明白。他找到妻子與女兒，問她們要到哪裏去過生活？他們選了這座傍山的小鎭，成爲平凡的小鎭民，沒人知道他們從哪裏來，也不想知道他們的歷史。女兒在烹飪課上結識了一位廚師，他們相愛，結婚之後開了一家小餐館。

當初他的預言成眞了，菁英們不再那樣菁英，更激烈的鬥爭來臨，他們想起了蝸居小鎭的他，認爲他可以帶領他們渡過難關，於是，求救的電話來了，甚至有人已經上路，打算當面請求他，請他重返戰場。

他停下車，按兩聲喇叭，外孫與外孫女便從餐廳奔出來，他們現在都被女兒接來共同生活了，在餐廳打工，忙得不亦樂乎。「好多人訂位喲！」他們笑著嚷。

「需不需要幫忙啊？」他問。「謝啦！公公，您是砸鍋高手，我們不敢勞駕！」女兒下車前，他喚住女兒：「晚上多準備點菜，你們的紅酒燉鵪鶉，幫我留幾份吧，有遠客要來。」女兒的臉色緊繃，眼光迴避著他：「那，吃完飯以後呢？」「吃完之後，就看妳的心情囉，如果開心，就請他們吃塊蛋糕吧。」「吃過蛋糕呢？」「就各奔前程囉，他們走他們的，我們一起回家。」「眞的？」女兒熱切地看著他：「爸，你確定了？」「除了回家，我還能幹什麼？我是砸鍋高手啊！」女兒攬住他：「不是的。你可以跟媽媽一起去挑蘋果，你眼光最好了，被你挑中的是最好的果子，所以我們的甜點才能這麼好吃。」原來，他還有這樣的專長，他點點頭，滿意的笑了。

沁園春

元 許衡

月下檐西，日出籬東，曉枕睡餘。
喚老妻忙起，晨餐供具；新炊藜糝，舊醃鹽蔬。
飽後安排，城邊墾斸，要佔蒼煙十畝居。
閒談裏，把從前荒穢，一旦驅除。
為農換卻為儒，任人笑，謀生拙更迂。
念老來生業，無他長技；欲期安穩，敢避崎嶇。
達士聲名，貴家驕蹇，此好胸中一點無。
歡然處，有膝前兒女，几上詩書。

詞場曼話

許衡（西元1209～1281年），曾在元世祖時居高官，後因得勢者專權，便乞病歸鄉，安然度過農村鄉居生活。如同這闋〈沁園春〉就描繪出歸眞返樸的生活狀況。

月亮漸漸從房簷之西沉落，夜已深沉，不久之後太陽就從東邊的籬笆上升起，又是新的一天到來，可能是勞動令人特別容易安眠吧，從枕上的晨光中乍然醒來，忙著將老妻喚醒，展開一天的新生活。首先就是張羅早餐，用野菜與米一起煮成的粥飯，配上舊日醃漬的鹹菜，就是一頓飽餐的內容了。接著兩夫妻便趕往城外去墾荒，要將這瀰漫著荒煙蔓草的土地，開墾出十畝的田地來。一邊出力勞動著，一邊閒閒地聊著天，將這土地上的荒蕪去盡了，也將胸中的污穢之氣去盡了。把尊貴的儒者衣冠脱除，卻換上了農民的衣著，難免是要惹人訕笑的，事實上，關於謀生技能這件事，確是既笨拙又無能的啊。想想年紀已老，實在沒有別的方式維持生活，所期望的也不過就是安穩平靜，能夠避開世間的坎坷崎嶇，曾經是社會賢達的名聲，曾經是富貴之家的傲氣，此刻一點都不存在於心中了。如今，最感到歡樂與安慰的，就是圍繞在身邊的兒女親情，與閒來讀詩唸書的浪漫愜意而已。

「歡然處，有膝前兒女，几上詩書」，能有這樣的人生體認，必須是眞正經歷過繁華，也了解繁華背後荒涼的人，才能擁有的心情吧。年輕時候，人們追求功名利祿，永不嫌多，總覺得還不夠。環繞在身邊的親人，因爲總在那裏，也就顯不出珍貴了，故而時時遭到遺忘。在忙碌中被剝奪了的自由與時間，彷彿也是正當的，並且以爲將來總有一天可以隨意支配時間，去做自己想做的事。有些人在奮鬥中失去親人，失去自己，甚至失去奮鬥的目標與意義。年長者的智慧提醒了我們，什麼才是生命中最重要的事。

時光詞場

第三片

而今聽雨僧廬下，鬢已星星也。

不灑世間兒女淚，
難堪親友中年別。

從小無論什麼事，只要一叫娘，
娘就趕來身邊幫他。
他喚著娘來扶他，
娘伸出手，他愣住了，
佈滿皺紋與斑痕的一隻手，
這是母親的手嗎？

他快步在黃泥小徑上前行，穿著厚底布鞋，嶄新的，上頭一點泥塵也沒有。他背著書包，年少的腿腳靈活地小跑步，他要去上學了，到城裏去唸中學，他夢想好久好久的。身後彷彿有人叫喚他，是母親，母親纏著小腳，追不上他，於是停在村口，撫著胸口聲聲喚他：「出門在外，事事要當心，寫信回來報平安！杜子啊！記住啦！」他想回頭再同母親說兩句，卻怎麼也停不下腳。忽然一塊石頭絆倒他，他整個人栽下去，又怕又痛，大聲喚：「娘！」從小無論什麼事，只要一叫娘，娘就趕來身邊幫他。他喚著娘來扶他，娘伸出手，他愣住了，佈滿皺紋與斑痕的一隻手，這是母親的手嗎？不是的，母親的手能繡花，能衲鞋，能做好吃的點心，母親的手無比靈巧，無比美好，這不是母親的手。他醒來，那是他自己的手，因爲歲月而變成風乾橘子皮的手。他不再是少年，是離家五十年後，終於可以返鄉的衰老遊子。

身邊的女兒見他醒來，忙遞上一杯水。他喝了兩口，嘆了口氣。女兒忙問他哪裏不舒服？「怎麼老當我是病人？醫生都說沒事了。」他抱怨地，女兒不再說話。這是最小的女兒，也快滿三十了，為了陪他返鄉探親，特意請了十天假，只為了不能放心，這份用心他是懂得的。妻子去世之後，就屬小女兒與他最親了。「我啊，夢到妳奶奶了。」他幽幽地說。女兒問奶奶長得什麼樣子？「鵝蛋臉，眉毛淡淡地，皮膚很白，挺愛笑，一笑眼睛就彎彎的，像月亮一樣……」他看著女兒的微笑，輕聲說：「妳挺像奶奶的。」是嗎？女兒笑得愈發燦爛，我像奶奶啊？

機場是新建成的，陽光從屋頂的天窗照進來，有著夢一樣的恍惚感，很不真實。女兒攙著他，他將手臂從女兒臂彎中抽離，挺直脊背，他可以直挺挺地回家去，去見那在魂夢中想念了五十年的老娘。接機處一群老年人向他呼喊著，有堂兄弟和表兄弟，還有他的親生弟弟，比他小五歲的親人。弟弟看起來卻比他老得多，他差點誤認爲是叔父呢。「大哥。」弟弟牢牢握住他的雙手，那掌心粗糙到可以割傷絲綢。他沒敢多停留，馬上要回家去，去見母親。坐在車上，大家都變得沉默起來，或許還是因爲陌生吧，他記得自己離家時，弟弟才剛上學，拖著兩條黃鼻涕，頭上還生著癩痢，不用功，成天就是逃學，把母親氣得犯胃疼：「怎麼就不能學學你大哥？眞是沒出息。」弟弟也是個老人了，搭著眼挨著他坐，臉上有著灰暗的顏色。「怎麼你沒結婚啊？」他問著，以大哥的口吻。「哎——一個人自在點。」弟弟的回答總要加上個長長的「哎」，像是種歎息。「娘還好嗎？八十幾啦，吃吃喝喝的

都還行吧？」「哎——」弟弟的身子欠了欠，沒有下文了。算是回答嗎？他停了停又問：「娘知道我要回來吧？你從不寄娘的相片來，我怕見了娘都不認識了。」「哎——」弟弟晃了晃身子，眼皮垂得更低了。連句話也說不清，眞是從小到老都一個樣兒，他忽然也失去了說話的興致。

終於回到家，他站在那矮小的磚土房外，扯開喉嚨呼喚著：「娘啊！杜子回來啦！」他等待著白髮皤皤的老娘扶著門框，緩緩走出來，他連在手術台上動手術的時候，也想著這一刻，娘的溫暖懷抱。弟弟推開門，他看見空洞的廳堂上，母親的放大相片，相片前的香爐香煙裊裊。弟弟點燃一炷香：「大哥你給娘上炷香吧，娘會知道的，知道你回來啦！」他僵著身子不去接那炷香，狠狠瞪著弟弟，像是仇恨著殺害了母親的仇人。「你騙我！」他從齒縫裏迸出這句話，搖搖欲墜。弟弟撲地跪下了，哭著求他的原諒，說是怕他傷心所以不敢告訴他，母親已經過世好幾年了。

他轉身就走，不管弟弟匍匐哀求他，他令司機直接開到機場，他馬上就回台灣，他一刻也不停留，他再不要看見欺騙他的人。女兒請司機將車開到賓館，說是買辦機票要時間，他們得有個休息的地方。女兒出門買機票，他一個人在黃昏裏，感到無限的悔恨，那年本來說好要回來探親，卻因爲心臟病發取消行程，接著是兒女相繼結婚，然後是妻子癌症過世，就這麼一年一年耽擱下來。可是，年年他寄不少錢回來奉養母親，弟弟都收下了，爲了錢，他如此欺心。女兒回來時眼睛紅紅地，她遇見家族裏的長輩，他們說這最沒出息的兒子在最混亂的十年裏，在他們家被掃地出門後，爲了養活母親連婚也不結，最困苦的年代，曾經乞討維生，若不是他，體弱多病的母親早過世了。「原來媽媽曾經寫信給叔叔，拜託他如果奶奶有不好的消息，千萬別告訴您，怕您心臟受不了，我看了那封信了。」她拿出一個盒子，送到他面前：「奶奶過世後，您寄回來的錢，叔叔都沒動過，他要我還給您……」他蹣跚地站起身，女兒忙扶住他，他說：「去，去找車，我們回家去，去給奶奶上香……」

女兒走到門口時，回身對他說：「您想奶奶的時候，就看看我吧。」他含淚點頭，要回家去，眞的要回家了。回家去看母親，去告訴弟弟，他不是沒出息的兒子，他是最孝順的兒子。他以爲自己已經沒有眼淚了，卻止不住的淚流滿面。

滿江紅

南宋　嚴羽

日近觚稜，秋漸滿，蓬萊雙闕。
正錢塘江上，潮頭如雪。
把酒送君天上去，瓊琚玉珮鵷鴻列。
丈夫兒，富貴等浮雲，看名節。
天下事，吾能說；今老矣，空凝絕。
對西風慷慨，唾壺歌缺。
不洒世間兒女淚，難堪親友中年別。
問相思，他日鏡中看，蕭蕭髮。

詞場曼話

嚴羽（生卒年不詳），自號滄浪逋客，因爲生平從未出仕，史籍並沒有關於他的記載。他卻是相當有名的文學評論者，他的《滄浪詩話》約有一萬多字，推崇盛唐詩，主張妙悟，提倡興趣說，是很重要的詩論代表人物。他目睹南宋的衰落，內憂外患不絕，詩中透露出灰暗與失意情調，像是〈有感〉六首中的「襄陽根本地，回首一悲傷」或是「殘生江海去，老作一漁翁」皆是。至於嚴羽的詞作流傳至今只得兩闋，而〈滿江紅〉是他送朋友廖叔仁去京城裏擔任官職的作品，也是較好的一闋。

臨安京城的宮殿屋角高聳起來，彷彿要貼近紅日一般，那宛如仙境的兩座宮闕，已被秋意瀰漫。此刻的錢塘江，也正鼓動起白雪似的狂潮。擎起酒杯敬朋友，這一回的送行是要到高不可攀的皇城裏去，將要佩帶著珠玉與百官一同整齊排列，晉見皇帝。然而，大丈夫眞正在意的從不是盛名財富，卻是名譽與節操啊。關於天下大事，我仍是關心的，也有自己的見解和主張。只是空有滿腹才華卻不能施展，如今垂垂老矣，剩下無盡的愁緒憂傷。面對著蕭瑟西風，引發滿懷悲情，一邊唱著一邊敲缺了唾壺的壺口。不願意像世間小兒女那樣在分別時哭啼著，然而，人到中年仍舊難以承受離別的憯傷痛楚。若要問起別後相思之情。只要在鏡中看見滿頭的蒼蒼白髮，也就能夠明瞭了。

「不灑世間兒女淚，難堪親友中年別」，這兩句話中有矛盾，也有眞情。原本以爲到了中年之後，可以有更冷硬的心靈，去承受許多困厄或是悲苦的重量。誰知道當眞正的離別襲來，再多的武裝也得卸下，情感的份量也在此時測量出來了，不容逃避或者僞裝。眞性情是我們最美好的本質，爲眞性情的表露而流過的淚，永遠是最動人的。

時光詞場

第三片

而今聽雨僧廬下，鬢已星星也。

世事如今已慣，此心到處悠然。

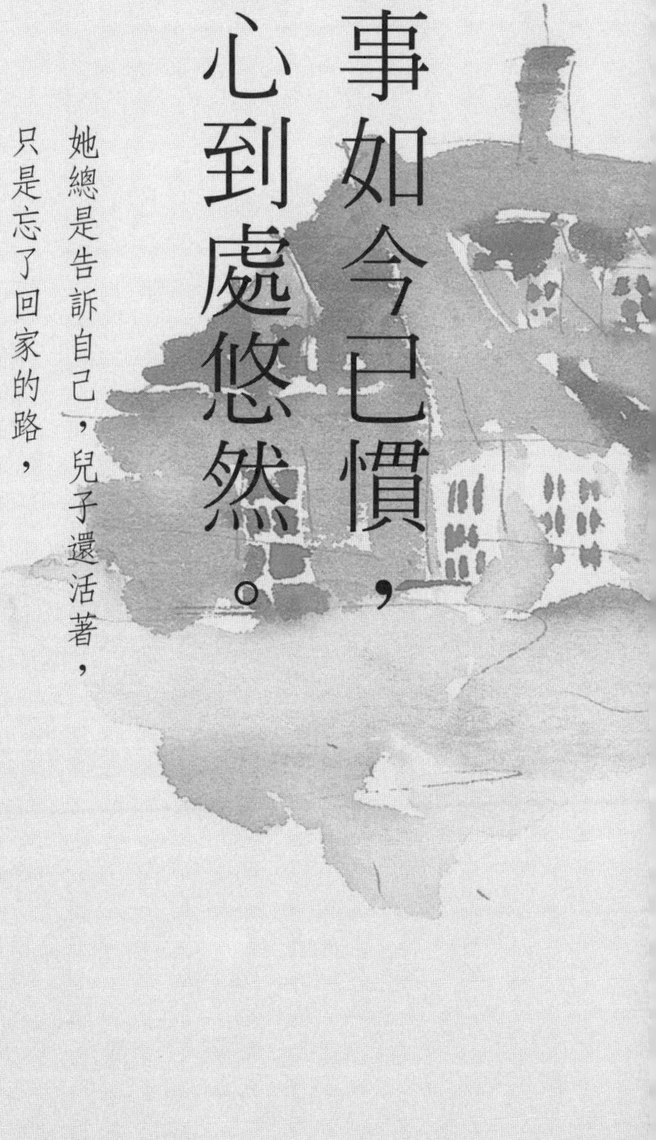

她總是告訴自己，兒子還活著，
只是忘了回家的路，
或許是以為她還在生氣，
所以不敢回家。
三十幾歲的兒子會是什麼樣子呢？
她無法想像。

每年五月下旬，她便要到這座峽谷的心裏面，一方小小的青年旅舍，將塵封的窗門打開，揭起鋪蓋著白布的床和桌椅，把爐灶裏的火升起來，將門外的兩盞水手燈點亮。從六月開始，陸續會有登山客進來，他們來了又走，走了又來，直到九月初，第一場雪飄落進峽谷中，她便會鎖上門，離開這裏。來自世界各地的旅客，都稱她爲天使峽谷的媽媽。

山裏的青年旅舍多半是沒水沒電的，峽谷媽媽的兒子和孫子會在旅客入山之前，先將溪水汲進旅舍的蓄水池中，順便也將木柴運進來。每年，她的女兒也會開著車到峽谷入口處，一邊抱怨著一邊尋到旅舍來，雖然她很賣力的幫忙刷洗地板，晾曬被單，卻總是很不高興的樣子：「這是我最後一次來幫妳，明年一定不來了。」峽谷媽媽聽著，不在乎地笑了笑，繼續做自己的事，因爲她了解女兒，女兒說這種話已經說了十幾年了。十幾年前，她告訴孩子們她決定要到山裏來接管青年旅舍的時候，最激烈反對的就是女兒：「妳的身體這樣差，不准到山裏去，沒有理由的，妳到底在想什麼啊？」峽谷媽媽說她好不容易才和森林管理處談好的，他們同意她將關閉的旅舍重新開啓，他們同意讓她試試看。「可是，媽媽並沒有經營旅舍的經驗，怎麼能有把握做得好呢？」兒子婉轉地問，也是不贊成的。她微笑著搓揉自己的圍裙，沒有說話，孩子們明瞭，母親已經決定了。

她在峽谷裏等候第一位入山的旅客，她那樣焦急地不斷到陽台上張望，黃昏時分來到旅舍的，是個長髮的瘦削女孩，揹著很重的登山包，喘息著問：「這裏有地方可以休息一下嗎？我，我好像迷路了。」峽谷媽媽迎進女孩，帶她到乾淨溫暖的房間，她丟下行李一頭栽進床舖，連說話的力氣都沒有了。到了夜裏，她喚女孩起來吃飯，才發現女孩發著高燒，在昏睡中不斷囈語。在囈語中，女孩呼喊著媽媽，有時候哭，有時候呻吟，峽谷媽媽守候著女孩，爲她熬煮藥草，一口一口灌下去。女孩兩天後轉醒，退了燒，清清亮亮的眼睛望著峽谷媽媽，她說：「我昏迷的時候，一直都是妳，對不對？我還以爲是我媽媽。」女孩告訴她，爲了與情人私奔，她和母親大鬧一場，離家出走，結果，情人背棄了他們的盟約，她此刻眞成了有家歸不得。女孩聽說這裏有一片天使冰河，如同天使展開的雪白雙翼，她想到那裏許願，希望母親接納自己。「媽媽會接受妳的，只要你肯回家去。」峽谷媽媽眞誠地說。

除非是知道峽谷媽媽遭遇的人，否則一定不能了解她有多眞誠。那一年，她和愛登山的小兒子吵了一架，因爲兒子先前曾在山裏摔斷了胳臂，她不准他再去登山。小兒子執意離開，入了峽谷，九月裏的峽谷下起大雪，兒子和夥伴們迷了路，他們好不容易找到這座青年旅舍，卻發現旅

舍已經關閉幾年了，沒水沒電，什麼補給品都找不到。小兒子是領隊，他讓同伴們在旅舍裏等，他自己攀過這座山頭去求援。同伴們在雪融之後獲救了，小兒子卻始終沒有出現，搜索隊不只一次入山尋覓，都沒有蹤影。峽谷媽媽常常夢見兒子站在廚房門口，對她說：「我要走了，媽媽多保重。」那也是兒子出門前說的最後一句話。如果她那天沒同他吵架；如果她多替他準備一些吃食；如果青年旅舍沒有關閉，那麼，兒子應該還在的。於是，她決定了要到峽谷裏來，讓所有離家的孩子，都能平安回家。

女孩平安回家了，也把這段經歷寫出來刊登在旅遊登山雜誌上，峽谷媽媽忽然出了名，許多登山者特意改變行程，就爲了能喝上一碗峽谷媽媽的熱湯，能參加每天晚上的小小營火會。在青年旅舍的門前空地上，他們在咖啡香氣裏分享每個人的故事，一路上的經驗，峽谷媽媽會詢問他們去過哪些山？遇見過哪些登山客？有沒有見過一個三十幾歲的男人，高高瘦瘦的，手臂有點不方便？她殷殷垂問著，認眞聆聽著他們的每段奇遇。她總是告訴自己，兒子還活著，只是忘了回家的路，或許是以爲她還在生氣，所以不敢回家。三十幾歲的兒子會是什麼樣子呢？她無法想像，於是，開始觀察那些前來投宿的三十幾歲的登山者，也許會更粗壯些；也許蓄起鬍鬚來；也許留著長髮，她在替他們整理房間時，會將撿起來的臭襪子洗乾淨，就像在替兒子洗衣服一樣的理所當然。

一年一年過去，她發現自己愛上這座峽谷了，這是帶走她心愛兒子的峽谷，卻也是屬於她和兒子的另一個秘密的家。這一年，由登山客投票選出的最溫暖可愛的青年旅舍活動中，天使峽谷旅舍得到第一名，得獎原因只有一個：神奇的峽谷媽媽。電視新聞在旅舍關閉之前，到峽谷裏來，他們拍攝峽谷媽媽與旅客們的相處情況，好幾個男性登山者離開時，擁抱住峽谷媽媽失聲哭泣，像孩子似的。記者對著鏡頭說：「我們要尋找的是峽谷媽媽，卻看見了這位天使媽媽。」然後她問峽谷媽媽，沒有經營旅館的經驗，爲什麼能做得這樣好？峽谷媽媽微笑著，搓揉自己的圍裙，對著鏡頭堅定地說：「我沒有經驗，但我是一個母親。我只是把進入峽谷的人，當成自己的孩子。」

西江月

宋 張孝祥

問訊湖邊春色，重來又是三年。
東風吹我過湖船，楊柳絲絲拂面。
世路如今已慣，此心到處悠然。
寒光亭下水如天，飛起沙鷗一片。

世事如今已慣，此心到處悠然。

詞場曼話

張孝祥（西元1133～1170年），自幼聰慧，讀書過目不忘，他在偏安的南宋朝廷爲官，於荊州任安撫使時，修築金堤，爲百姓解除了深以爲苦的水患，很受地方愛戴。凡是孝祥所到之處，皆有政聲，可惜三十八歲英年早逝，令當時人同感哀痛。他的文章俊逸，才思敏捷；詞風豪放，常有感懷時事之作，清曠飄逸的情調，與蘇東坡相類似。這闋〈西江月〉，是路過江蘇溧陽縣的三塔寺時所作，也是張孝祥的代表作品。

問候著湖上的無邊春色，那些充滿生機的綠意盎然，這次重新造訪已是三年之後了。溫暖的東風，將我的小船吹到湖的另一邊，柔軟的楊柳絲也像故人似的輕輕拂面。人世間的種種坎坷滄桑，或許曾令人難以承受，如今卻漸漸習以爲常了。無論飄流何處，無論經歷怎樣的考驗，都能保持悠然自在的心態。憩息在寒光亭下，水面平靜無波時，與天色竟如此相似，在這樣的寧謐之中，忽然一群白鷗飛起，劃過湖水而去。

「世路如今已慣，此心到處悠然」，我常想著，要經過多少年的歲月，要承受多少無情的試煉，我們對於生命中的悲歡離合才能無動於衷呢？如同一個行路的人，看見悲哀如同泉水，能汲泉而啜，滋潤乾渴的心靈；看見怨忿如同奔瀑，能屏息靜觀，安頓許多紛雜的思緒，於是，再不畏懼傷害了，因爲可以包容一切，涵納所有。如果可以許願，願我年老的時候，能有這樣的胸襟，達到這樣的境界。

世事如今已慣，此心到處悠然。

國家圖書館出版品預行編目資料

時光詞場／張曼娟著.--二版. --臺北市：
麥田，城邦文化出版：家庭傳媒城邦分公司發行，2009.05
面；　公分. --（張曼娟藏詩卷：2）

ISBN 978 - 986 – 173 - 503 -0(平裝)

831.92　　98004965

張曼娟藏詩卷 2

時光詞場

作　　者／張曼娟
選詩小組／張 曼 娟 、陳 慶 佑 、詹 雅 蘭 、張 維 中
統籌企畫／紫石作坊
責任編輯／姚 明 珮 、胡 金 倫 、林 秀 梅

副總編輯／林秀梅
總 經 理／陳逸瑛
發 行 人／涂玉雲
出　　版／麥田出版
104台北市中山區民生東路二段141號5樓
電話：(886) 2-2500-7696 傳真：(886) 2-2500-1966
E-mail：bwps.service@cite.com.tw
發　　行／英屬蓋曼群島商家庭傳媒股份有限公司城邦分公司
台北市民生東路二段141號2樓
書虫客服服務專線：02-25007718・02-25007719
24小時傳真服務：02-25001990・02-25001991
服務時間：週一至週五09:30-12:00・13:30-17:00
郵撥帳號：19863813 戶名：書虫股份有限公司
讀者服務信箱E-mail：service@readingclub.com.tw
歡迎光臨城邦讀書花園 網址：www.cite.com.tw
香港發行所／城邦（香港）出版集團有限公司
香港灣仔駱克道193號東超商業中心1樓
電話：(852) 25086231　傳真：(852) 25789337
E-mail：hkcite@biznetvigator.com
馬新發行所／城邦（馬新）出版集團【Cite(M)Sdn. Bhd.(45832U)】
11, Jalan 30D/146, Desa Tasik,
Sungai Besi, 57000 Kuala Lumpur, Malaysia.
電話：(603) 90563833　傳真：(603) 90562833

內頁繪圖／張曉萍
封面設計／林小乙
內頁設計／何偉靖
書封作者照片／攝影黃仁益、造型蔡麗香、服裝提供傅子青
印刷／前進彩藝有限公司

2001年3月1日　初版一刷
2011年4月11日　二版四刷
Printed in Taiwan.
定價／280元

ISBN 978 - 986 - 173 –503 – 0

Rye Field Publications
A division of Cité Publishing Ltd.

廣 告 回 函	
北區郵政管理局登記證	
台北廣字第000791號	
免 貼 郵 票	

英屬蓋曼群島商
家庭傳媒股份有限公司城邦分公司
104 台北市民生東路二段141號2樓

請沿虛線折下裝訂，謝謝！

文學・歷史・人文・軍事・生活

Rye Field Publications

RC2002X 時光詞場

讀者回函卡

cité 城邦

謝謝您購買我們出版的書。請將讀者回函卡填好寄回，我們將不定期寄上城邦集團最新的出版資訊。

姓名：________________ 電子信箱：________________

聯絡地址：□□□ ________________

電話：（公）________________ 分機 ____（宅）________________

身分證字號：________________（此即您的讀者編號）

生日：____年____月____日　性別：□男　□女

職業：□軍警　□公教　□學生　□傳播業　□製造業　□金融業　□資訊業　□銷售業

□其他 ________________

教育程度：□碩士及以上　□大學　□專科　□高中　□國中及以下

購買方式：□書店　□郵購　□其他 ________________

喜歡閱讀的種類：（可複選）

□文學　□商業　□軍事　□歷史　□旅遊　□藝術　□科學　□推理　□傳記

□生活、勵志　□教育、心理　□其他 ________________

您從何處得知本書的消息？（可複選）

□書店　□報章雜誌　□廣播　□電視　□書訊　□親友　□其他 ________________

本書優點：（可複選）

□內容符合期待　□文筆流暢　□具實用性　□版面、圖片、字體安排適當

□其他 ________________

本書缺點：（可複選）

□內容不符合期待　□文筆欠佳　□內容保守　□版面、圖片、字體安排不易閱讀

□價格偏高　□其他 ________________

您對我們的建議：________________

____

____